KB215546

비포장도로를
걷는 중입니다

정우주, 만나고 기록하다

사랑하는 일을 포기하지 않는
사람들과의 직업 인터뷰

비포장도로를 걷는 중입니다

인터뷰어 | 정우주

인터뷰이 | 배우 정우주 | 보컬 최유진 | 피디 이광영 | 드라마 작가 조용득
배우 주이안 | 영화 프로듀서 배영호 | 캐스팅 디렉터 박대규

느린
서재

누구나 저마다의 길을 갑니다. 하지만 그 길이 언제나 선명한 건 아니죠. 어디로 가야 할지 헷갈릴 때도 있고, 너무 가파르게 느껴질 때도 있으며, 아무리 걸어도 끝이 보이지 않을 때도 있습니다. 그만할까 싶기도 하고요. 저도 그랬습니다. 열심히 걸었지만, 제자리인 것만 같았고, 어떤 날은 주저앉아 한참을 그대로 있기도 했습니다. 그럼에도 결국, 다시 걸어야만 했습니다. 제가 선택한 길이었으니까요.

이 책은 자신만의 길을 걷는 사람들의 이야기입니다.
배우, 싱어송라이터, 드라마 피디, 다큐멘터리 프로듀서, 캐스팅 디렉터, 드라마 작가. 모두 다른 일을 하고 있지만, 이들에겐 한 가지 공통점이 있습니다. 그 누구도 포기하지 않았다는 것. 보장된 미래 없이, 노력과 결과가 늘 비례하지만 않는 현실 속에서 그들은 왜, 어째서 계속 나아가는 걸까요? 그들의 원동력은 무엇이고 궁극적인 목표일까요?

이러한 물음이 이 책을 만들었습니다.

처음엔 예술과 창작의 길을 걷는 사람들의 이야기를 모아보자는 생각이었습니다. 그들의 고민과 철학, 삶을 들여다보면 흥미롭겠다고 생각했죠. 그런데 인터뷰를 진행하면서 깨달았습니다. 이건 그들만의 이야기가 아니라는 걸요. 누구나 자신의 일을 해나가며 고민합니다. 누구나 불안과 싸우며 하루를 살아갑니다. 어떤 길을 걷든, 같은 질문이 따라오죠.

"이 길이 맞는 걸까?"

"그만둬야 할까?"

"이제 실패한 걸까?"

인터뷰이들도 같은 고민을 했습니다.

누군가는 처음의 방향을 바꾸었고, 누군가는 잠시 멈춰서서 숨을 고르기도 했으며, 누군가는 그냥 걷다 보니 여기까지 왔다고 했습니다. 그러나 한 가지는 분명했습니다. 그들 모두 저마다의 속도로, 저마다의 방식으로 길을 만들어가고 있다는 거죠.

이 인터뷰는 유명한 사람들의 화려한 이력서가 아닙니다. 자신만의 목표를 향해 묵묵히 걸어가는, 과정 속 사람들의 목소리입니다. 그리고 그들을 직접 만나 이야기를 나누었습니다. 목소리, 숨결, 눈빛, 짧은 침묵까지도 책에 담고 싶었어요. 그래서 이 책은 단편적인 인터뷰집이라기보다, 길 위에서 서로를 마주 본 사람들의 기록이라고 말하고 싶습니다.

마지막으로, 이 책을 읽는 당신이 어떤 길을 걷고 있든, 이 이야기가 작은 위로와 영감이 되기를. 제가 느꼈던 용기와 희망을 받아 가시길 바랍니다.

2025년 늦봄, 정우주.

정우주

출연 드라마

"잔잔히 스며드는 배우이고 싶어요."

배우의 하루

오늘은 화요일, 지난주부터 계획한 광고 에이전시 투어를 할 예정이다. '광고 에이전시 투어'는 에이전시에 찾아가 기본적인 '자기소개 영상'을 남기는 일이다.

이 영상을 본 뒤, 내게 적합한 광고 이미지 건이 있으면 에이전시에서 연락을 따로 주기 때문에 정기적으로 내 영상을 업데이트 해두는 것이 좋다.

am.9:00 기상, 헤어 메이크업 등 준비

공들여 마스카라로 속눈썹 한 올 한 올 올리다 보니, 벌써 점심시간이다. 허리 부분이 딱 맞는 원피스를 입었으니 '점심은 간소, 저녁엔 맛있는 거 먹어야지!'라는 생각으로 언젠가 사두었던 식빵에 연유 버터를 짜 먹기 시작한다.

pm.12:00 에이전시로 출발

방문할 에이전시와 이동 동선을 완벽하게(?) 짜놓았다. 예약이 필요한 곳도 있으니 참고!

pm.1:00 영상 촬영 시작

에이전시 문을 열고 들어가 인사를 하면 "영상 찍으러 오셨어요?"라고 물어본다. 대략적인 프로필 작성 후 자기소개 영상을 찍는다.

"안녕하세요, 저는 OO년생이고 키는 몇입니다."

좌, 우 옆모습을 촬영하고 정면을 바라보며 활짝 웃는 게 기본! 간단한 자유 연기를 시켜보는 곳도 있다. (보통은 밝은 연기를 원한다.)

한 곳당 15분이면 촬영이 끝나는 듯하다. 이동 시간이 오히려 더 길다. 구두와 운동화를 같이 챙겨서 다녀야 한다.

pm.5:00 일정 완료

네 시간만에 여덟 군데를 돌았다! 퇴근 시간이랑 겹치기 전에 빨리 집에 가야지!

집에 도착! 요즘 꽂혀버린 치킨 OOO을 미리 시켜두었다. 광고를 따온 것도 아니고 돈을 벌어온 것도 아니지만 뿌듯한 기분으로 화장을 지운다.

pm.8:00 지정 대본 외우기

내일모레 비대면으로 오디션을 보는 작품이 있다! 지정 대본이 있는데 분량이 꽤 길다. 세 페이지… 오늘은 지정 대본을 분석하고 암기하는 걸 목표로!

열심히 돌아다녀서 그런지, 치킨을 많이 먹어서 그런지 벌써 나른하다. 오늘은 그만하고 내일 일찍 일어나서 열심히 할까? 나는 행동파인가, 결국 눕고 만다….

내일 일정을 위하여!

맑은 얼굴로 걸어오는 그녀에게 인사를 한다. 오랜만에 만났지만, 늘 변함없이 깨끗하고 새초롬한 얼굴이다. 그녀가 예전에 썼던 글을 읽은 후라서, 요즘 하는 고민과 슬픔, 걱정 등이 함께 떠오른다. 내가 하고 싶은 일을 위해 수없이 많은 연습을 하고, 누군가에게 연락오기를 기다리고, 때로는 좌절하는 그녀의 '일'을 알고 있다. 그러나 내가 안다고 말하는 게 정확하지 않은 단어라는 걸 잘 알고 있다. 그래서 함부로 그녀를 안다고 말하지 않기로 한다. 그저 그녀가 최선을 다하는 연기와 고민을 응원하기로 한다. 그래서 이 인터뷰를 제안했다. 혹시라도 이 인터뷰가 그녀의 일에 훗날 작은 도움이라도 될까 싶어서 말이다.

오랫동안 하나의 일에 매달려 있는 사람의 얼굴에는 근심과 조바심이 서려 있다. 매일 어디에선가 나를 찾는 연락이 오지 않을까 기다리면서, 혹은 촬영장에서 자신의 차례를 위해 몇 시간을 기다리면서, 시시각각 기쁘고 슬픈 그 얼굴을 상상해 본다. 그렇지만 이 일을 쉽게 포기할 수 없는 마음, 분명 다음 달에는, 내년에는 지금보다 나아질 거라는 기대를 저버릴 수 없다. 그렇게 많은 사람들이 자신의 차례를 기다리고 있다는 걸 안다. 언제까지 기다리면 된다는 답도 없이 많은 사람들이 그 꿈을 위해 기다리고 있는 것이다. 하지만 언제가 될지 모른다는 것이 때로는 희망을 주기도 한다. 그게 당장 내일이 될지도 모르니까 말이다.

아주 작은 성공보다 무수히 많은 좌절에 더 익숙할지도 모를 그녀에게 나는 힘내라는 말을 하기가 조금 조심스럽다. 그렇지만 때때로, 문득, 그녀를 생각할 때면, 아주 작은 목소리로 힘내, 라는 말을 속삭인다. 그런 작은 속삭임이 어떤 도움도 안 되겠지만, 이 작은 한마디가 그녀가 연기라는 꿈에 더 가까이 다가갈 수 있게 버티게 해주면 좋겠다.

"그때 그랬지, 그때 너무 힘들었어"라는 대화를 그녀와 할 수 있는 시간이 어서 오면 좋겠다. 그녀는 지금 대단한 주연 자리를 바라거나, 엄청나게 유명한 드라마에 출연하기를 바라는 게 아니다. 다만 지속 가능한 연기 생활을 위해, 계속 매일 노력하고 있을 뿐이다. 아무도 알아주지 않는 오늘이라고 해도, 계속 노력하는 그녀의 모습을 볼 때면, 대단하다는 마음, 존경하는 마음이 솟아오른다. 그녀를 응원하는 사

람이 더 많아졌으면 하는 마음으로, 이 인터뷰를 소개하고
싶다. (편집자)

우주 님, 오랜만이에요. 간단하게 자기소개 부탁드릴게요.

막상 하려니… 오글거리는데요.

뭐 그것도 괜찮지 않을까요?

글 쓰는 배우로 평생 살고 싶은 10년차 배우,
정우주라고 합니다!

(웃음)요즘 어떻게 지냈어요?

특별한 일은 없었어요. 종종 오디션 보고, 종종
촬영도 하고요. 돈도 벌어야 하니까 일 하면서 연
기 연습도 하고. 다른 배우들 하고 비슷하죠.

바빴네요. 최근에 본 오디션은 어떤 건가요?

OTT 드라마 오디션이랑 독립영화 비대면 영상

오디션을 봤어요.

오디션 자체가 오랜만이라서, 오디션장 가는 길이, 지정 대본을 받는 순간이 너무 설레더라고요. 하, 제발 어떤 배역이라도 맡을 수 있기를….

지정 대본이라면 오디션을 보는 쪽에서 주는 대본인가요?

네, 미리 대본을 주면서 숙지해 오라고 하는 경우가 있어요. 현장에서 시간을 준 다음에 연기를 살펴보는 경우도 있고요. 연기 오디션은 크게 지정 연기와 자유 연기를 준비해 가면 돼요.

자유 연기는 말 그대로 자유롭게, 본인이 가장 자신 있는 연기를 하면 되고요!

지금까지 꽤 많은 오디션을 봤잖아요, 오디션 볼 때 반드시 붙는, 나만의 팁 같은 게 있나요?

심사위원을 사로잡는 노하우, 오디션 합격 비결! 이런 걸 말할 수 있다면 좋을 텐데… 안타깝게도 아직 없네요. 그래도 한 가지, 저만의 마인드 컨트롤 방법이 있다면, 심사위원 분들을 나를 평가

하기 위해 모인 사람들이라고 생각하지 않고 '나를 좋아하는 사람들'이라고 생각하는 거예요. 이 작품에 지원한 배우를 직접 보고 싶어서 오디션장에 부른 거잖아요? '너 얼마나 잘하나 보자'라는 마음을 가진 관계자는 없을 거라 생각해요. '내 팬들이 저기 있다'라고 생각하면, 오디션장에 들어갈 때 마음가짐부터 달라지더라고요. 그에 따라 내 표정, 내가 뿜는 에너지도 밝아지고요.

긴장하는 배우들에게 이 팁이 도움이 될 것 같아요. 우주 님은 언제부터 배우의 꿈을 가진 건가요?

어렸을 때부터 관심받고 사랑받는 것을 좋아했어요. 집에서 가족들 앞에서 재롱 피우고 학교에서 장기 자랑 같은 것 있으면 꼭 나가고요. 모든 행사에 다 참여했던 건 아니었는데, 그런 경험이 꽤 공부가 된 거 같아요.

확실히 기억나는 게 초등학교 5학년때였어요. 재량학습 시간이었나? 선생님이 드라마 명장면 따라하기라는 주제로, 조를 짜서 순위를 매기신다는 거예요. 그때, 드라마 광이었거든요. 월화수목

금토일, 일일드라마부터 미니시리즈까지 다 섭렵하고 있었어요.

관심이 갈 수 밖에 없었죠. 그때 저희 조에 배정된 드라마는 〈회전목마〉! 그 드라마에 장서희 배우님과 수애 배우님이 나오는데, 전 장서희 배우님 역할을 맡았어요. 언니 장서희가 동생 수애에게 화를 내면서 뺨을 때리는 장면이었어요. 이런 말이 웃기긴 한데, 카타르시스라는 단어 있잖아요? 뭔가 마음속에서 용 같은 게 우렁차게 입 밖으로 팍! 튀어나오는? 시원하면서도 짜릿함. 그런 걸 느끼면서 생전 처음 몰입이라는 것을 해봤던 것 같아요.

그날 저희 조가 1등을 하기도 했고, 친구들이 쉬는 시간에 잘했다면서, 몰려오니까 우쭐대는 마음도 들었어요. 막연하게 'TV에 나오고 싶다'라는 생각이 '연기를 하고 싶다'로 바뀐 거 같아요.

그럼 그때부터 본격적으로 연기를 배우기 시작한 건가요?

아뇨, 그렇다고 엄마한테 '연기학원 보내줘' 이런 말을 할 수 없죠. 딸만 넷인 저희 집에서 학원을 추가한다는 건, 특히 예체능은 돈 많은 집 애들이나 하는 거라고 생각했으니까요. 그냥 드라마 보는 시간이 조금 더 길어졌다, 거울을 보면서 누군가를 따라 하기 시작했다, 이 정도였죠.

드라마 대사도 그때부터 외워서 해보고요?

그때… 다시 떠올리니 왜 창피한 생각이 드는 걸까요? 〈별을 꿈꾸는 아이들〉이라는 인터넷 커뮤니티가 있었어요.

별을 꿈꾸는 아이들? 배우 지망생들이 가입하는 카페일까요?

네. 그곳에 가입을 하고 올라온 대본을 보면서 따라 하기도 하고 그랬죠.

드라마 대본이 공개되어 있군요?

네. 대본이 올라오기도 하고 또 만약 등업하려면 저도 무언가를 올리기도 해야 해요.

연기한 걸 올리나요?

대본을 올려야 해요. 연기 영상을 올리기도 했어요. 평가도 받고. (웃음)

카페 회원들 중 지금 배우가 된 사람도 있나요?

그건 잘 모르겠어요. 정말 큰 커뮤니티였는데 아마 우리가 알고 있는 배우 중 누군가는 있지 않을까요?

오, 그 카페가 아직도 활발하게 운영이 되나 봐요.

지금은 모르겠네요. 〈별을 꿈꾸는 아이들〉은 미성년자 연예인 지망생이 메인이라고 하면 요즘에는 〈필름 메이커스〉나 〈액터길드〉, 배우 커뮤니티가 따로 있긴 해요.

배우를 준비하는 지망생? 혹은 이미 데뷔를 한 배우도 가입할 수 있나요?

누구든지 가입할 수 있고 볼 수 있어요. 잠깐 다른 쪽으로 이야기가 흘러갔지만⋯ 초등학교 5학년, 열두 살이 꿈의 시작이었네요.

10년 차 배우라고 하셨잖아요. 어떤 작품으로 데뷔를 하신 건지 궁금해요.

대학로에서 〈나 쫄병 맞아?!〉 연극으로 데뷔를 했어요. 군대를 소재로 한 연극이어서 이병, 일병, 상병, 병장 그리고 여자 소위 한 명이 나오는데 그 소위가 저였죠. 여자 소위가 계급이 가장 높잖아요. 그래서 좋았어요.(웃음) 소리 지르고 기합을 주면서 연극을 1년 정도 하다가 매체 쪽으로 넘어가게 됐어요!

방송으로요?

더 많은 사람들한테, 특히 광주에 있는 가족들한테 보여주고 싶었거든요. 연기하는 모습을요.

10년 동안 연기를 해보니까 어떠세요? 할 만하다, 좋았
다, 너무 힘들다, 어땠을까요?

다 있는 것 같아요. 지금 해주신 말씀이…. 현장
에 가면 저를 우주 배우님이라고 불러 주세요. 배
우님이라는 호칭이 뭐랄까 기분이 막 간질간질하
다고 해야 되나요? 이건 좋다는 거겠죠?

그렇죠. 좋은 거죠.

좋은데 왜 아직도 그 호칭이 익숙치만 않은지
생각해 보면, 아직도 배워야 할 게 많다고 느껴져
서 그런 것 같아요. 부족함을 알아서.
배우를 하면서 좋은 점은 하고 싶은 일을 하니
까 직업 만족도는 최상이에요. 좋아하는 일을 하
는데 돈까지 벌 수 있으니 정말 행복한 일이죠.

우주 님이 원하는 만큼 수입이 들어 오는지도 궁금해요.

이건 정말 케이스 바이 케이스 같아요. 모든 일
에 단점이 있잖아요. 사람에 따라 부익부 빈익빈

이다? 일거리가 많은 배우들은 내후년까지 스케줄이 차 있다는데 저 같은 경우는 당장 내일 일도, 또 출연료도 그리 많지 않거든요.

1년에 몇 달 정도 일이 들어올까요? 전부 다, 작은 촬영까지 포함해서요.

한 달에 두 건이라도 촬영하면 '감사하다'고 생각해요. 아무래도 선택을 받아야 되는 직업이잖아요. 배역은 하나니까. 그러다 보니 오디션 보고 연락 기다리고 기대하다가 떨어지고 반복하다 보면 불투명한 미래에 대한 불안감도 생기죠.

마인드 컨트롤이 잘 안 될 때, 그럴 때 힘들어요. 그게 이 일의 단점이라면 단점이죠.

그럴 때, 주변에서 그만하라고 말리는 이야기도 많이 들었을 것 같아요.

많이 들었죠. 처음에는 고집이었죠. '니가 뭔데 그런 소리를 해'라고 생각하면서 '어떻게든 끝까지 할 거야' 이런 반감도 있었던 것 같아요. 오기로 버텼던 것도 있었고요. 그런데, 사실 오기만 가지고 10년 하기는 힘들거든요.

이유도 모르지만 계속하고 싶었어요. 그러다, 문득 제가 다른 일 하는 걸 상상해 봤어요. 부모님의 바람대로 고향인 광주로 내려가, 지금이라도 다른 일을 찾는 것. 근데 그렇게 살면 행복하지 않을 것 같더라고요.

그것밖에 없는 것 같아요. 내 행복.

지금이 행복하군요, 연기하는 게.

지금 이 현실에 안주하자는 건 아니예요. 그래도 도전할 수 있고 가끔 배우님 소리 듣는 게 더 행복한 거죠.

연기할 때 행복하다고 하셨잖아요. 근데 현장에서 정말 '때려칠까' 생각을 들게 한, '이건 못 하겠다', '현장에 못 있겠다' 이런 생각이 들었던 경험이 혹시 있을까요?

… 어느 정도 수위까지 얘기해야 할지 모르겠어요. 제 이야기로 인해서 다른 사람이 욕을 먹는

일이 생길까 봐 걱정이 되네요.

일단 현장에서 '때려치울까?' 정도는 아니지만 '이건 아닌데' 싶었던 일이 있어요. 대본에 없던 키스신이 갑자기 생겼는데 그 누구도 미리 저한테 이야기를 해주지 않은 일이 있었어요. 감독님이 주연 배우하고만 소통하고 촬영에 들어가신 거죠.

대본에 없었는데 갑자기 해야 하면… 당황스럽잖아요?

그러니까요. 그렇지만 해야 하죠.

이런 경우가 자주 있나요?

이런 일을 의논하면, 관계자분들도 그 감독님과 상대 배우가 잘못한 거라고 하세요. 저도 그 상황에서 '어, 이건 뭐지' 싶었지만 거기서 뿌리치기가 힘들었어요. 카메라는 돌아가고 상대 배우님이 저한테 감정이 있어서 연기를 하는 건 아니니까요. 하지만 나를 소품으로 사용한다는 느낌이 들어서 쏠쏠했죠. 만약 '내가 단역이 아니었다면 미리 말도 없이 이렇게 진행했을까?'라는 생각도 들고요. 어찌 보면 자격지심이죠, 뭐.

항상 촬영을 마치고 돌아오는 길에는, 그날 했던 연기를 생각하거든요. '좋았다', '오늘 연기 잘했다' 혹은 뭐 '그때 대사를 이렇게 할걸'… 근데 그날은 그냥 허무했어요.

그래도 때려치우겠다는 생각까지는 안 간 것 같아요. 때려치우더라도 '저 사람보다 내가 오래 버텨야지' '저 인간을 때려치우게 해야지' 생각했던 것 같아요. (웃음)

그렇게 버티면서, 끊임없이 해왔던 나만의 노력 같은 게 있을 거 같아요.

사실 스물넷에 치아교정을 했는데, 그 과정에서 치조음(ㅅ,ㅈ,ㅊ)이 새더라고요. 이게 배우한테는 큰 치명타잖아요. 콤플렉스도 되고요.

그래서 혼자 연습하는 것과 음성 치료하는 병원을 다니면서 발음을 개선했어요.

또, 배우로 오래 버티기 위해 부수입이 될 만한 필라테스 강사 자격증도 취득했고요. 필라테스 강사로 일한 지도 벌써 6년 차네요.

음성 치료는 처음 들어봐요. 필라테스 자격증이 부수입에
도움이 되기도 하지만 혹시 캐스팅에도 도움이 될까요?

일단 운동은 본인의 이미지, 체력을 위한 몸 관리, 또 멘탈 관리에도 도움이 되죠.

특기로 만들어두면 연기할 때도 분명 쓰일 일이 있어요. 저 같은 경우는 프로필에 필라테스 강사 경력을 명시해 두니까 영화와 드라마에서 잠깐이지만 그것과 관련한 배역을 맡은 적도 있어요. 한 케이블 방송에서 1년 동안 요가 프로그램을 진행한 적도 있고요. 1년 동안 카메라 앞에 설 수 있다는 건 감사한 일이었죠. 꼭 요가나 필라테스가 아니더라도 골프나 클라이밍, 승마, 이런 운동을 수준급으로 할 수 있는 배우를 찾는 모집 공고가 많이 나와요.

또 어떤 특기가 있으면 배우 생활에 도움이 될까요?

사투리, 외국어, 수어, 무용, 액션… 뭐든 잘하는 게 있으면 배우 생활에 플러스 요인이 되는 것 같아요.

교보문고 유튜브 〈작가 관찰 일지〉 영상 보면 소속사 없이 혼자서 본인의 포트폴리오를 돌리러 다니고, 매니저 없이 촬영장에 가는 장면이 나오더라고요. 그 영상을 보면서 소속사 없이, 내가 나를 알려야 되는 거구나, 그래서 더 힘들겠다는 생각이 들었어요.

대부분의 배우들이 초반에는 스스로 자기 자신의 매니저가 되어서 활동을 했을 거예요.

매니저 없이요?

뛰어난 외모와 스타성 가진 분들 빼고요….(웃음)

초반부터 스타가 된 분들 말이죠?

네. 스타성이 있는 분들은 소속사가 바로 붙어서 케어를 해주겠지만 저처럼 시작한 배우분들은 1년 정도는 본인 스스로 매니저가 되지 않았을까 싶어요. 저처럼 제작사에 직접 찾아가서 프로필도 돌리고, 이메일로 프로필 보내고, 또 연기 레슨을 받고 연습도 해야죠. 그리고 만약 어떤 작품에 출연한 적이 있다면 그 영상을 다운받거나 직접 요청해요. 왜냐하면 요즘에는 프로필 사진만으로 캐스팅 되지는 않거든요. 어디에든, 출연 영상이 중요해요. 출연 영상들을 모아서 편집을 해야 하죠.

직접 편집하나요?

그렇죠. 아주 쉬운 컷 편집 정도니까 대부분 다 할 수 있어요. 내가 나온 장면만 한 3분 정도 편집을 해서 프로필과 같이 보내요.

누군가 "이런 식으로 지원해 봐" 하고 알려준 건가요? 다부딪쳐서 직접 알게 된 건지, 그것도 궁금하네요.

이런 방식으로 지원하는 게, 오래되긴 했어요. 이런 정보는, 커뮤니티에 다 나오거든요.

오디션 공고를 보면 출연 영상 첨부가 필수가 되었어요. 그래서 프로필 사진보다 영상 관리에 시간을 더 많이 쏟죠. 그렇게 제가 진짜 저의 매니저가 됐다고 생각하면서 하루는 저를 채찍질하고, 또 하루는 '오늘은 잘했으니까 뭐 좀 먹어라' 하면서 맛있는 음식을 보상으로 주기도 하고요. 촬영 잡히면 혼자 찾아가서 혼자 연기하고 오고. 그것 까지가 매니저의 역할이니까요.

그럼 지금까지 했던 배역 얘기를 해볼까요?

다양한 역할을 많이 해본 편이라 생각해요. 처음에는 간호사, 카페 직원, 비서 역 등을 해봤는데, 눈이 크고 인상이 센 편이다 보니까 강한 캐릭터 역할이 들어오더라고요. 예를 들면 무언가에 빙의가 돼서 총을 쏘는 여자, 생긴 것만 무서운 처녀귀신, 기생, 화류계 여자…

출연한 작품 중 가장 기억에 남는 작품은요?

유튜브 '진용진' 채널에 〈없는 영화〉 섹션이 있어요. 웹드라마로 볼 수 있어요. 〈외면〉, 그 작품이 기억에 남아요. 일단 제가 주연이었어요.(웃음)

어떻게 캐스팅이 된 건가요? 오디션을 보셨나요?

네, 모집 공고를 보고 영상 오디션을 몇 차례 봤어요.

1차 프로필 심사가 통과 되어서 2차로 지정 대본 오디션을 봤어요. 제가 연기한 '은정' 캐릭터는 20대 후반부터 60대 할머니 연기까지 가능해야 했거든요. 그래서 더 욕심이 났죠.

할머니 역할까지요?

할머니 역은 첫 도전이었는데 재미있었어요. 평소에 장난식으로 할머니 따라 하는 거 있잖아요. '아이구~'(할머니 말투로) 이런 거. 제가 전라도 사투리를 할 수 있으니까, '구수하게 잘할 수 있을 것 같은데?' 이런 자신감도 있었죠.

그래서 요청한 영상을 즉각 만들어서 보내드렸고, 결국 캐스팅이 됐어요.

부산에서 약 일주일 정도 촬영했는데 좋았어요. 30대에 어떻게 노년 연기를 해볼 수 있겠어요? 소중한 경험이라는 생각에 연기하는 내내 정말 즐거웠어요.

분장이 엄청 리얼했어요. 어떻게 하신 건지 궁금하더라고요.

분장팀이 따로 있었어요. 40대는 살짝 주름, 60대는 많은 주름을 만들고, 옷 입는 스타일도 나이대에 따라 점점 바뀌어요. 스스로 예쁘게 담기고자 하는 욕구가 없어지니까 편하더라고요. 연기에만 집중할 수 있으니까요.

이 작품이 던지는 메시지가 있어서 좋았어요. 요즘, 비혼주의자들도 많이 생기고 출산율이 저조한 상태잖아요. 이 부분에 대해 파격적으로 메시지를 던졌다고 생각해요. 계속 이런 상태면 이 모습이 "너희의 미래가 될 수도 있어"라는 메시지가 있었죠.

영상이 올라가고 나서, 젠더 갈등을 부추기는 댓글들도 많이 있었어요⋯. 드라마를 찍고 나서 '이렇게 생각할 수도 있겠구나', '불편할 수도 있겠구나' 하는 생각이 들더라고요.

오기 전에 그 드라마를 보고 왔는데, 출연 자체에 대해 비난하는 댓글도 많더라고요.

네, 어찌 됐든 저는 이 작품이 영상이 주는 메시지가 나쁘다고 생각하지 않아서 출연을 결정했어요. 저는 비혼주의자는 아니거든요. 이 드라마가 비혼주의자를 탓하는 드라마도 아니고요. 제가 살인자 역을 맡았다고 해서 살인자가 되는 건 아닌 것 처럼요.

그 역할을 맡았다고 해서, 마치 그 사람에게 하는 것처럼 비난을 하니까 힘들었을 것 같아요. 혹시 그런 악플을 보게 되면 어때요? 일부러 보지 않기도 하나요?

봐요. 보면서 곱씹었어요.

너무 괴로울 텐데요.

안 보기에는 제가 아직….
그런 생각을 했었어요. 무플보다는 악플이 낫다, 근데 수위 조절이 중요한 것 같아요. 상대에게 상처가 되는 댓글은 자제해 주시면 좋을 것 같아요. 예를 들면 부모님 욕 같은 것. 로그인까지 해서 하면 수고롭잖아요. 그런 수고로움은 안 해주셔도 될 것 같아요. 저는 귀차니즘이 있어서 그렇게까지 해서 악플 다는 게 수고롭더라고요.

나쁜 말을 내뱉으면 그 사람 마음이 악해지잖아요. 까만 색으로 물이 든단 말이에요. 악플 달지 말라고 강하게 주장하는 느낌이네요.(웃음)

악플 때문에 사람이 죽기도 하잖아요.

맞아요. 그래도 '댓글' 하면 좋은 기억이 먼저 떠오르는 이유는, 서울에서도, 광주에서도, 심지어 제주도 여행을 갔을 때도, 절 알아보시는 분들이 있었어요. 그 분들이 DM으로 '어디 횟집 가셨죠? 그때 너무 쳐다봐서 죄송해요.', '항상 응원하겠습니다!' 이런 메시지를 보내주시는데 감동이었어요. 그래서 다 캡쳐해 뒀답니다, 히히.

신기해요. 사람들이 눈썰미가 좋네요.

그렇죠. 저도 그 생각을 했어요.

몇 명 계세요. 제가 무명이라서 다들 저한테 "저는 우주 님 1호 팬이에요"이래요. 그런데 제가 그 말에, "사실은 2호세요, 3호세요" 할 순 없잖아요.(웃음) 아무튼 DM이나 댓글로 정말 큰 힘을 주시는 분들이 있어요. 이렇게 기억에 남을 만큼요.

DM이 많이 오지는 않지만 제가 게시물을 올릴 때마다 댓글 달아주시거나, '응원하고 있다' 이렇게 좋은 말씀 남겨주시는 팬들이 계세요. 그분들은 저도 성함을 기억하고 그전에 했던 대화들을 기억하면서 소통하려고 노력하고 있어요. 선물을 드린 적도 있죠.

《배우의 목소리》책을 선물로 드리기도 하고 책을 직접 읽으신 분한테는 다른 선물을 드렸어요.

그냥 드리고 싶어요. 저를 좋아해 주시는 거니까요. 길에서 알아보고 저한테 인사해 주신 분들이 계신데 그런 분들한테도 감사함을 느끼죠. 은근히 어렵잖아요. 저를 본 다음에, '아, 거기에 나온 배우구나' 하며 지나칠 수도 있는데 "그 드라마에, 나오셨죠?" 이렇게 말을 걸면서 다가오는 게.

그런 분들도, 그 순간도 다 기억하려고 해요.

전 눈썰미가 너무 없어서 못 알아볼 것 같아요.(웃음) 그러면 혹시 캐스팅 비하인드 스토리가 있을까요? 원래는 내 역할이었는데 뺏겼다든지 아니면 내가 들어갈 자리가 아니었는데 들어갔다든지 그런 일들도 있을까요?

비하인드 스토리는 아니고, 누가 봐도 제가 들어갈 역은 아니었던 배역이 있었어요.(웃음) 제가 20대 중반이었는데, 한 영화에서 노는 고등학생 역할을 맡았는데… 제가 노안이잖아요. 어렸을 때부터 이 얼굴이었거든요.

노안이요? 키도 크고 눈도 커서 그런 게 아닐까요?

위로하지 마세요.(웃음) 아무튼 현장에서 감독님이 제 옆을 지나가시면서 "누가 캐스팅했냐?" 이러시는 거예요. 그때 좀 상처를 입었죠.

그런 말 들으면 오히려 능구렁이 같이 "저 잘할
수 있어요, 감독님" 이런 모습을 보이려고 해요.
기 죽는 모습을 보이지 않으려고 노력해요. 속으
론 울고 있을지라도 아무렇지 않게 넘어가려고 해
요, 앞에서는.

처음에는 스트레스 해소용으로 글을 썼어요.
브런치, 지금은 브런치 스토리라고 이름이 바뀌
었더라고요. 그 플랫폼에 글을 쓰기 시작하고, 제
이야기를 쓴 것뿐인데 댓글이 달리는 게 재미있
고 또 위로가 되더라고요. 그곳에서는 또 모두 작
가님이라고 부르는 게 국룰이에요. 어느 독자분이
"작가님, 책으로 내도 재밌을 것 같아요"라고 쓰
신 댓글을 보니 욕심이 생기더라고요. 저는 시간
이 많잖아요. 자꾸 무명이라 그래서 진짜 무명 배

우로 끝날까 봐 겁나긴 한데, 촬영할 작품이 많지 않은 배우다 보니까 시간이 많아요. '재밌다고? 그러면 한 번 도전해 볼까?'라고 생각하면서 약 60% 정도 완성된 원고를 출판사에 투고를 했어요. 유튜브에 '원고 투고하는 방법'을 검색해 봤죠.(웃음)

그러다 운이 좋게 에세이만 출간하는 '마누스' 출판사와 연결이 돼서 계약을 하게 됐고, 《배우의 목소리》라는 책을 출간하게 되었어요.

원래 글쓰기를 좋아했나요?

글을 쓰면서 알았어요. 아, 내가 글 쓰는 걸 좋아하는구나, 하고요.

브런치에 글을 올리면서 글 쓰는 재미를 알게 된 거군요.

글쓰기를 따로 배워본 적도 없고, 책을 낸다는 목적으로 글쓰기를 시작한 것도 아니었어요. 인터뷰 시작 전에 제가 말을 잘하는 편이 아니라고 말씀 드렸잖아요. 말을 잘 못하니까 말수가 줄어들게 되고 혼자 사니까 말할 사람도 없고요. 멀리 있는 가족들한테도 힘든 얘기를 털어놓을 수 없어요. 가족들이 제가 연기하는 거, 별로 안 좋아하니까 대화의 끝이 "그렇게 힘들면 하지 마"가 되어버릴까 봐 말을 못하겠더라고요.

그래서 얘기를 안 하시는 거군요. 어쩐지 조금 슬프네요.

그러다 보니 말을 점점 아끼게 되었어요. 그래서 쓰게 됐던 것 같아요. 어딘가에는 풀어내고 싶으니까요.

《배우의 목소리》에 보면 그동안 힘들었던 얘기들이 많이 나와요. 보면서 마음이 아렸어요. 현장 관계자들이 외모로 우주 님을 평가하는 이야기도 있고, 진짜 돈이 너무 없었던 상황, 우울증 이야기 등등… 그런 이야기가 들어 있는데… 독자들 반응은 어땠는지 궁금했어요.

진짜 솔직한 모습을 책에서 보여준 거거든요. 수위 조절을 너무 안 했어요. 날것 그대로예요.

약간 부끄러울 수도 있을 것 같아요. '사람들이 몰랐으면 좋겠다' 이런 내용도 다 들어간 것 같았어요.

맞아요. 어떻게 보면 그 책에 날것들이 들어가 있어서 그걸 읽은 뒤, 떠날 사람들은 떠나더라고요. 모든 사람들이 그렇듯 밝은 부분이 있고 어두운 부분이 있잖아요. 《배우의 목소리》에는 아무래도 어두운 부분이 조금 더 크고, 자극적으로 느껴질 수밖에 없으니 이해해요. 특히 '내가 글을 쓰는 게 누군가한테 상처가 되나?'라는 생각을 했던 일이 있었어요. 책을 출간하고 일주일 정도 지나서였어요. 아빠가 장문의 문자를 보내셨어요.

"몇 페이지 어느 문단을 보는데 자꾸 눈물이 난다." 그때 그 부분을 보면서 아빠한테 받았던 상처를 내가 또 아빠한테 되돌려 주면서 반복하고 있는 게 아닌가 싶더라고요. 그래서 생각이 많아졌어요.

내 이야기를 어디까지 써야 될까? 글을 쓰다 보면 이런 생각들이죠.

네, 다행히도 책 때문에 아빠랑 더 가까워진 것

같아요. 오히려.

서로의 마음을 알게 돼서….

아빠는 정말 몰랐더라고요. 제가 아픈 마음을 품고 살아왔던 걸요.

모를 수 있죠. 부모님들이 오히려 자식에 대해 더 모르는 거 같아요.

그러니까요. 제일 잘 안다고 생각했는데. 알지만 말을 안 하고 계시는 거라고 생각했는데 진짜 모르셨더라고요.

맞아요. 그리고 정말 돈이 너무 없어서 힘들었던 일들도 책에 나와 있었는데… 그럴 때 도움을 받은 적이나 도움을 준 사람, 이야기도 있더라고요.

스물여섯 살의 봄이었어요. 이런 건 기억을 잘 해요.(웃음) 언니만 세 명이 있는데, 세 명한테 이유도 말 못 하고 "언니 나 돈 좀 줘"라고 문자를 보냈어요.

전화로는 말 못할 것 같아서. 심지어 빌려줘도 아니었어요. 갚을 자신이 없어서요.

근데 언니들이, 단 한 명도 이유를 묻지 않은 채 돈을 보내주는 거예요. 그때… 통장으로 돈 들어오는 알람 소리를 들으면서 울었죠.

아직도 갚진 못했지만 잊지 않고 있어요.

진짜 우주 님이 잘되면 언니들한테 먼저….

갚을 게 많죠.

언니 얘기도 잠깐 나왔는데, 혹시 힘들 때 힘이 되어주는 언니나 친구가 있을까요?

제 주변은 저 포함 거의 다 T예요. "너 T야?" 할 때 그 T.

힘들 때 T한테는, 기대서 울고 싶게 만드는 위로를 바랄 수 없어요. 또, 힘들어도 힘들다고 말하는 거 자체가 힘든 거 아세요? 하나하나 다 설명해 줘야 되고. 처음부터 얘기해야 하고요.

그것도 힘들죠. 어디서부터 설명해야 될지도 모르겠고
요. 그게 힘들어서 차라리 말을 안 하게 되죠.

맞아요, 말하는 것도 힘들어요. 그래서 저는, 하
루가 좀 힘들었다, 요즘 좀 힘들다 그러면 밤 9시
부터 불 끄고 침대에 누워서 스마트폰을 켜요. 그
리고 유튜브 검색을 해요. 힘들 때, 슬플 때, 지칠
때만 쳐봐도 우울할 때 듣는 노래, 힘들 때 듣는 강
의, 영상 막 나오잖아요. 그럼 알고리즘 타고 들어
가요. 그거 들으면서 댓글을 읽죠. 댓글들이 전부
F예요. 음유 시인들이 썼을 법한 그 댓글들 보면
서 익명의 사람들에게 위로를 받아요.

아까 '교보문고 작가 관찰 일지' 보셨다고 하셨
잖아요. 그 영상을 보기 위해 매일 교보문고 유튜
브에 들어가요. 댓글을 최신순으로 눌러요. 혹시
누가 또 댓글 달았을까 기대하면서요. 그 댓글창
에는 다 선플밖에 없거든요. 이벤트로 댓글달아야
했던 영상이었어서요.

그거 보면서 힘을 또 얻죠. 그러니까 익명의 사
람들한테 힘을 빌리는 편이에요.

랜선에 있는 누군가들한테 힘을 받는 거죠.

우울증으로 힘들었던 이야기가 책에 많이 나왔는데, 그게 일이 잘 안 풀릴 때잖아요. 그 시기를 어떻게 지나왔는지 궁금해요. 지금은 나아진 상태일까요, 아니면 똑같이 힘든 기간일까요?

음… 아직 그 과정에 있어요. 지금도.

그래도 그 책을 쓸 때보다는 나아졌어요.

우울증이라는 게, "나 우울증 싹 나았어!" 이런 사람이 있을까요?

어디에도 없죠.

제가 만성 방광염을 달고 사는데, 그것처럼 우울증도 좀 괜찮았다가 스트레스 받으면 또 왔다가 다시 괜찮았다가 이렇게 왔다 갔다 하는. 그런 병이라고 생각해요.

정기적으로 상담을 받고, 약 조절하고 그런 과정에 있어요.

그렇다면 약을 안 먹는 날은 없겠네요.

그 부분은 철저하게 의사 선생님 말을 잘 들어요. 매일 아침, 자기 전에는 빼먹지 않습니다. 그리고 약도 천천히 줄여야지, 갑자기 확 끊어버리면 부작용이 올 수도 있다고 해서 늘 잊지 않고 먹으려고 해요.

그렇군요. 만약에 일이 잘되고 여기저기에서 일이 많이 들어와요. 돈도 지금보다 몇 배 더 벌게 되고요. 그렇게 된다면 마음의 병은 나아질까요?

그 생각도 해보긴 했어요. '일이 잘 풀리면 내 기분장애도 나을까?' '갑자기 상업영화, 드라마에 주연, 조연에 캐스팅이 돼. 그럼 어떨까?'

생각해 봤는데, 그게 해결책은 아닌 것 같아요. 5년 정도 마음의 병을 겪어보니까, 외부 상황에 따라서 제 상태가 왔다 갔다 할 수 있긴 한데, 그게 정답은 아닌 것 같더라고요. 제 노력이 가장 중요한 것 같아요. 어디서 봤는데 '마음의 병은 수용성'이래요. 그래서 꾸역꾸역 일어나서 샤워하고, 물

많이 마시고, 운동하고. 약도 꾸준히 먹고. 긍정적인 자기 암시를 걸어야 해요. 계속 멈춰 있지 않으려고 움직이는 방법밖에 없는 것 같아요.

글을 쓰는 게 우주 님한테 어떤 의미가 있을까요?

떡집에서 가래떡 쭈욱 뽑아내는 그거 있죠. 글을 쓸 때, 그 과정 같아요. 생각 정리가 되고, 그래서 내가 진정 원하는 게 뭔지 알게 되기도 하고요. 그때 정말 머릿속이 시원해요. 간결해진 속이 좋아요. 그래서 글을 쓰는 것 같아요.

《배우의 복소리》로 북토크도 했잖아요. 그날은 어땠어요? 그 책을 읽고 정우주라는 배우를 알게 되고, 또 팬이 된 사람도 있을 거고요.

정말 횡설수설했어요. 그날 제 팬이 된 사람은 아마 없었을 거에요. (웃음)

지금처럼 하면 되죠. 그날 많이 떨었어요?

떨지는 않았는데, 제가 평소에도 지금처럼 말을 천천히 하고 또 끝이 길어요. 대사가 있는 게 아니고, 즉흥적으로 손들고 이렇게 물어보시면, "음…" 이렇게 생각하는 시간이 길어요. 그래서 충분히 만족을 하고 가셨을지, 지루하지는 않으셨을지 그게 의문이에요. 그래도 그날 너무 기분이 좋았어요.

그날, 좋았군요?

말은 잘 못했지만, 스스로가 자랑스러웠어요. 그래서 인별에 고정해 놨잖아요.

정말 뜬금없는데 아까부터 질문하고 싶었거든요. 혹시 배우가 되기 전에 그런 소리 많이 듣지 않았어요? 예쁘다 아니면 그 동네 얼짱이라든지 아니면….

(진지)전 제가 진짜 예쁜 줄 알았어요.

예뻐요. 나름 그 일대에서….

그랬다고 생각해요. 근데 제가 연기를 하겠다고

하니까 아빠가 그러더라고요.

"예쁘다, 예쁘다, 해주니까 진짜 예쁜 줄 아냐?"

아버지가 너무나, 현실적인 분이신가요?

이 길이 힘들다는 걸 아니까 하지 못하게 정말 많이 말리셨어요. 아빠도 그렇고 엄마도 그렇고. 살고 있는 집 보증금을 갑자기 빼버려서 수중에 있는 돈으로 100에 50짜리 고시텔. 거기에 들어간 적도 있었고요. 스물두 살 쯤, 대학로에서 연극을 시작하면서 현실을 직시했어요. '아, 예쁘고 연기 잘하는 사람 진짜 많다.'

지금도 늘 놀라요. 예쁘면서, 연기 잘하고, 공부도 잘하고, 학력도 좋고, 집안도 좋고, 다 가진 사람들이 많다고 느끼기 때문에. 그래서 저는 '버티는 것도 재능이다'라는 생각을 하면서, 그 재능으로 연기를 계속합니다.

배우라는 직업 때문에 무명 시절을 길게 겪을 수도 있고, 나중에 완전히 터질 수도 있잖아요. 근데 그렇게 되려면 포기하지 않아야 할 것 같아요. 우주 님이 포기하지 않는 이유가 있을까요? 아까 다른 일을 하는 건 상상할 수 없다고 얘기했지만요.

전, 포기에도 용기가 필요하다고 생각해요. 근데 그 용기가 아직 없어요. 내일은 오디션 연락이 올 것 같고, 조금만 더 하면 연기 실력이 늘 것 같고. 조금만 더, 내일은, 모레는, 하다 보니까 10년이 된 거죠. 어차피 저는 무명이라 그만둔다고 해도 주변 사람들한테 그냥 '쟤 그만뒀대, 이제 안 한대' 그런 가십거리가 될 뿐인 걸 알아요. 그래서 포기하지 않는 이유가 외부에 있는 게 아니에요.

아까도 말씀드렸듯이 연기가 아닌 다른 일을 전업으로 하는 제 모습을 상상했을 때 행복하지 않아요. 희망이 안 보여요. 삶에 대한 희망.

배우라는 직업을 언제까지 하고 싶어요?

배우는 은퇴가 없는 직업이잖아요. 거기에다 모든 연령대가 필요한 직업이죠. 그래서 그 나이대에 맞춰 할 수 있는 연기가 다 있다고 생각해요. 특히 요즘 현장에서 시니어 배우, 모델분들 많이 뵙거든요. 언제 시작해도 늦지 않은 게, 배우라는 직업이라고 생각합니다. 또, 죽을 때까지 할 수 있는 게 배우라는 직업이고요.

작품에 도움이 되고 체력만 된다면 계속 연기하고 싶어요, 저는.

찐사랑이네요. SNS를 열심히 하잖아요. 캐스팅에 SNS도 영향을 미치나요? 그러니까 팔로워 숫자가 많으면 캐스팅이 더 잘 된다거나.

요즘엔 그런 이유도 있는 것 같아요. TV 방송만 봐도 유명 유튜버들이 자주 나오잖아요. 연예인들도 대부분 유튜브 운영을 하고. 분위기가 바뀌고 있는 것 같아요.

저도 체감하고 있어요. 오디션 지원할 때 SNS 링크를 함께 요구하는 곳들이 많아졌거든요. 일상 모습을 보고 싶다는 이유가 있지만, 팔로워 수도 함께 보이지 않을까요?

그래서 SNS 관리도 어느 정도 필요한 것 같아요. 팔로워 수를 늘리라는 게 아니라, 관계자들에게 비춰졌을 때 배우, 사람으로서 호감이 생기는 이미지의 사진을 주기적으로 올리는 것 등등.

그런 것도 이제 중요한 시대죠. 혹시 지금 배우를 지망하고 있는 친구들에게 해주고 싶은 말이 있을까요? 하지 말라고 할 수도 있고요.

할 거면 빨리 해라. 전, 약간 돌아서 여기 왔다고 생각을 하거든요. 최대한 '취미로 연기를 해보자' 생각을 하고 회사 다니면서 돈 벌어서 연기 학원을 다녔어요. 그래도 안 되겠어서 그냥 대학로에 가서 연극을 한 케이스예요. 그렇게 내 꿈을 외면하려고 해온 과정이 있었어요. 그런데 지금 결국 연기 앞에 있잖아요.

빨리 해보고 미련을 없애던지 계속하던지, 이렇게 말하고 싶어요. 저는 지금 그만두면 미련이 남을 것 같아서 못 그만두는 것도 있어요. 제가 제일 하고 싶지도 않고, 듣기 싫은 말이 "그때 했었어야 됐는데" "그때 진짜 좋은 기회 있었는데" 이 말이거든요. 아니면 준비가 완벽히 됐을 때 한다, 연기학원 다닐 때 이런 사람들이 종종 있었어요.

준비가 됐을 때 한다면 결국 계속 못 하지 않을까요?

준비는 평생 안 돼요. 100%가 됐을 때 한다, 돈 모아서 한다, 살 빼고 한다, 돈도 안 모여요. 살도 못 빼요. 그럼 계속 도전 못 하게 되죠.

저도 그렇게 생각해요. 일단 하자, 행동하는 게 중요하다고 봐요.

할 거면 빨리 하자. 그 말을 하고 싶어요. 남 탓하지 말고 추진력 있게 했으면 좋겠어요. 그만둘 것도 빨리 그만두면 좋잖아요. 다른 일에 도전할 수 있고.

이건 저한테 하는 말이기도 해요.

이야기를 하다 보니 벌써 시간이 훌쩍 지났어요. 우주 님의 인생 영화나 드라마가 있다면 얘기해 주세요!

제 인생 영화는 〈블랙스완〉이에요. 보셨어요?

영화의 배경이 원래 발레리나가 아니고 무명 배우가 유명 배우로 가는 과정이래요. 그걸 모르고 봤는데 너무 인상 깊어서 찾아보다가 알게 됐어요. 내용이 꿈을 이뤄가는 과정이잖아요. 그러면서 자기 자신을 파괴하기도 하고요. 너무 와닿더라고요.

가끔 그런 생각하거든요. '아, 연기를 정말 잘할 수 있다면 악마에게 영혼이라도 팔겠어.' 말도 안 되는 생각하면서 '왜 이렇게 연기를 못 하지?' 하고 이불을 막 팡팡 치죠. 〈블랙스완〉에 나오는 주인공 니나가 자기 자신을 파괴하고 또 환각에 시달리기도 하고 하는 과정이 너무 공감이 돼서, 저한테는 인생 영화예요.

그럼 반드시 해보고 싶은 배역이나 장르가 있나요?

너무 많아요. 〈내 머릿속의 지우개〉 같은 가슴 절절한 멜로도 해보고 싶고 발차기 쫙쫙 해가면서 액션 연기도 해보고 싶어요. 세상 우울한 히키코

모리 연기에도 도전해 보고 싶고요. 보기만 해도 포스 있는 마담 역할도 해보고 싶어요. 이외에도 정말 무궁무진한데 배역이 주어진다면 다 도전해 보고 싶어요. 몸이 불편한 역할도 해보고 싶고. 성격, 가치관이 완전히 다른 역할도 해보고 싶고요.

기대하고 있겠습니다. 마지막으로, '앞으로 이런 배우가 되고 싶다' 혹은 '이 배우가 롤 모델이다' 하는 우주 님만의 이상형이 있을까요?

저라는 배우가 어떤 작품을 한다고 했을 때 '이번에는 어떤 역할을 할까?' '어떤 캐릭터로 나올까?' 이런 궁금증이 일어나는 배우가 되고 싶어요. 그러니까 '얘 또 그런 푼수 같은 역할 하겠지' 혹은 '기센 역할 하겠지' 이런 거 말고요. '한정적이지 않은, 다양한 스펙트럼을 가지고 있는 배우'가 되고 싶어요.

조만간 꼭 그렇게 될 거라, 온 마음 다해 믿고 있을게요.

감사합니다.

"마음의 소리에 따라 내가 가고 싶은 길로."

최유진

앨범과 보컬 내역

리:페이지 미니 앨범 〈Our Home〉
최유진 노래 - 〈있잖아(Mr.Right)〉, 〈난 참, 아이참〉

〈우주인 - Better Girl〉, 〈Hold'〉 보컬 피처링
〈Lu.A - I Need You (Acoustic ver.)〉 보컬 피처링
〈Umbie - 빈 방〉 보컬 피처링
〈계김 - Lonely Love me〉 보컬 피처링
〈주아 - 별자리〉 보컬 피처링
외 다수 앨범 작·편곡 및 보컬 참여

"문득
생각나는,
보컬이고
싶어요."

보컬리스트의 하루

am.08:00 공연이 있는 날!

다양한 뮤지션들과 함께하는 '뮤직 페스티벌'에 초청되었다. 공연이 있는 날 아침엔 일어나자마자 설레는 마음으로 스케줄을 복기해 본다. 본 공연은 저녁 7시이지만 리허설이 오후 3시에 있으니 오후 2시까지 현장에 도착해야 한다.

am.09:30 연습실에서 사전 준비

가벼운 아침 식사 후, 연습실에서 워밍업을 하며 공연 때 불러야 할 곡 리스트를 체크, 가사를 다시 암기한다.

pm.13:00 헤어, 메이크업 마무리

무대의상, 액세서리를 챙겨 차 안에서 커피와 샌드위치를 먹으며 공연장으로 향한다. 초행길이기 때문에 긴장했지만, 헤매지 않고 여유 있게 도착했다. 무대 옆 마련된 대기실에 우리 팀 이름 '리:페이지'가 붙어 있다.

pm.14:00 축제 장소 도착

지정된 대기실에 짐을 풀고 무대로 가본다. 다른 팀의 리허설을 관람하며 현장 분위기를 확인한다. 하나, 둘 도착한 멤버들과 공연 관계자분을 만나 인사하며 공연 전 알아야 할 사항을 전달받고 멘트 할 때 주의해야 할 점이 있는지 검토한다.

pm.15:00 팀 리허설

무대 위에 드럼, 콘트라베이스, 건반 악기 설치를 마친 뒤 모니터 스피커에 내 목소리가 잘 체크되는지, 악기 간 음향 밸런스는 괜찮은지, 팀원들에게 불편한 부분이 없는지, 동선 이동 시 주의해야 할 부분이 무엇인지 꼼꼼하게 챙기며 리허설을 진행한다.

pm.17:00 저녁 식사

주최측이 제공한 저녁 식사로, 이른 저녁 식사를 한다. 현장에서는 가볍게 먹을 수 있는 '김밥'을 제공해 준다. 김밥 한 줄은 언제나 거뜬하지만, 공연 전 배불리 먹을 수 없기에, 김밥은 반 줄만 먹는다. 마이크를 잡는 보컬이라, 무대 위에서 실수할 수 있으니 김밥 반 줄은 나중에!

스태프가 대기실로 와 우리 팀을 공연장으로 인도해 준다. 곧 시작이다. 두근대는 심장 소리를 들으며 무대 위로 발걸음을 옮긴다.

나는 보컬이자 프론트 맨이기 때문에 주목을 받을 수밖에 없다. 뜨거운 시선을 지금, 이 순간, 즐겨야만 한다. 기분 좋은 스포트라이트를 느끼며 준비한 무대에 집중한다.

약속된 30분이 지나고 마지막 곡을 부르며 무대에서 내려온다. 등 뒤로 느껴지는 시선과 박수 소리를 들어 보니 오늘 무대, 만족스러울 만큼 너무 좋았다. 직업 만족도가 올라가는 순간이 바로 이 순간이 아닐까.

공연 관계자분들, 다른 뮤지션분들과 가벼운 인사를 나눈 뒤 퇴근한다. 집에 가는 차에 올라타면 늘 녹초가 되지만 오늘 멋진 공연을 한 것 같아 심장은 아직도 두근댄다.
멤버들과 헤어져 집에 도착했다. 두꺼운 화장을 빨리 지우고 싶은 마음 뿐이다. 깨끗하게 클렌징을 하고 샤워를 한다. 긴장이 풀리고 노곤한 느낌이 든다.

pm.22:00 공연 피드백

오늘 있었던 공연 사진을 SNS에 업로드를 하고, 팀원들과 신나게 톡을 하며 공연 피드백을 한다.
오늘은 내가 봐도 좀 잘한 것 같다!

pm.23:00 공연 후기 검색

수다를 한바탕 마친 뒤 SNS 탐색을 한다. 오늘 와 주신 팬분들이나 관객분들이 올려주신 게시글에 살짝 '좋아요' 표시를 남긴다. 공연 영상을 주최측에게 받아 공연을 복기하며 스스로를 칭찬하고 반성도 하며 머릿속으로 수많은 질문을 던져보다 잠을 청한다.
공연이 있는 날이면 늘, 공연을 어떻게 마쳤느냐에 따라 잠자리의 기분이 정해진다. 오늘 큰 실수 없이 잘 마쳤기에 기분 좋은 꿈을 꿀 것만 같다.

"무대의 긴장을 피하지 않고,

즐기는 보컬 리스트, 최종 목표!"

#반드시 기다리는 시간에 대하여

그녀를 처음 마주한 건, 첫 교복을 입은 열네 살 때였다. 그녀는 노래를 좋아했고, 나는 연기를 좋아했다. 음악과 연기, 서로 다른 듯 닮은 길을 꿈꾸던 우리는 금세 친구가 되었다. 그녀는 항상 노래하고 있었다. 쉬는 시간에도, 하굣길에도, 함께 걸었던 수많은 저녁 산책길에서도. 늘 노래를 이야기하고, 부르며, 꿈꾸었다. 그때 난 알았던 것 같다. 이 친구는 노래하는 순간이 가장 행복한 사람이구나.

서로의 꿈을 이야기했던 많은 밤, 우리는 다짐과도 같은 약속을 했다. 내가 출연하는 드라마의 OST를 그녀가 부르고, 그녀의 뮤직비디오에 내가 출연하는 약속을. 같은 꿈을 꾸고 상상하는 것만으로도 우리는 충분히 벅찼고 또 많은 힘이 되었다.

그렇게 노래를 부르고 또 부르던 소녀는 싱어송라이터가 되었고, 대학에서 학생들을 가르치며, 재즈 밴드 '리:페이지'의 보컬로 무대에 서고 있다. 음악을 통해 누군가를 위로하고, 마음을 움직이며 자신만의 스타일을 가진 아티스트가 된 것이다. 아, 그렇지만 어릴 적 그 약속은 아직 지키지 못했다.

하지만 반드시 올 그 순간을 기다리고 있으니 괜찮다.

우리는 꿈꾸던 길을 가고, 서로의 길을 응원하며 나아가고 있으니까. 약속을 잊지 않고, 이 자리에 계속 서 있다 보면 꼭 그 꿈을 이룰 거라고 매일 생각한다.

이제, 그녀의 이야기를 들어보려고 한다. 열네 살, 처음으로 교복을 입고 꿈을 말하던 그 시절. 그 소녀는 지금 어떤 목소리를 갖게 되었을까. 어떤 길을 걸어 여기까지 왔고, 무대 위에 서기까지, 어떤 고민과 선택을 해왔을까.

음악을 좋아한다는 마음 하나로 시작된 일이 어떻게 직업이 되고, 삶이 되고, 또 누군가에게 위로가 되었는지 그 이야기를 들어보려고 한다.

학생들을 가르치며, 밴드 활동을 병행하고, 자신만의 음악을 만들어가는 지금의 그녀는 어릴 적 내가 알던 그 모습과 얼마나 닮아 있을까. 그리고 또 얼마나 달라져 있을까.

무대 위에서, 강의실 안에서, 일상의 순간에서도 여전히 음악을 사랑하며 살아가는 사람….

보컬리스트 최유진을 소개한다.

보컬 최유진 님, 소개를 먼저 해버렸지만 자기소개 다시
한번 부탁드릴게요.

반갑습니다. 저는 보컬리스트 최유진입니다.

오늘 기분은 어때요?

날씨가 좋아서 그런 걸까요? 인터뷰하러 오는
발걸음이 꽤 가벼웠던 것 같아요. 아주 좋습니다.

저도 그랬어요. 인터뷰 끝나고 사진 많이 찍어야겠어요.
인터뷰 시작해 볼까요? 노래는 언제부터 하고 싶었는지
궁금해요. 특별한 계기가 있었나요?

어렸을 때 사진을 보면 항상 마이크를 잡고 노래
를 하고 있긴 하더라고요. 명절 날 친척분들 앞에
서 춤추고 노래하면서 장기자랑 하는 걸 좋아했어
요. 본격적으로 '음악을 하고 싶다, 해야 겠다'라고

느낀 건 학창 시절 어느 수업 시간의 기억 때문이에요. 수업 시간에 '애들이 졸려 한다'는 시그널을 받으면 여기서 누가 제일 노래를 잘하냐면서 한 명씩 불러서 선생님이 노래를 시키잖아요. 그때 나가서 노래를 부르는 사람 중 한 명이 바로 저였어요.

(웃음)친구들 앞에서 불렀던 곡은 〈1991년 찬바람이 불던 밤〉이라는 박효신 씨의 곡이었어요. 그 곡을 부르고 나서 친구들 표정을 봤는데 울고 있는 친구도 있었고, 눈을 크게 뜨고 입을 벌린 채절 바라보는 친구도 있었어요. 어떤 표정으로 친구들이 저를 바라봤는지 아직도 기억나요. 그때 기억이 강렬했던 것 같아요. '노래로 누군가한테 감동을 줄 수도 있고 나의 감정을 보여줌으로써 상대방의 감정을 끌어낼 수 있구나'라는 느낌을 강하게 받았어요. 그 순간을 계기로 '노래를 하고 싶다'라는 마음을 확실히 먹었던 것 같아요.

그때가 몇 살 때였어요?

아마 고등학교 2학년 때였던 것 같아요. 고등학교 이전에도 가요제나 오디션을 한다고 하면 찾아다니긴 했지요. 그때는 '나 노래 잘하는 걸까? 한 번 나가볼까?' 였지만 그 이후로는 '노래 너무 하고 싶은데'라는 생각이 확실하게 들었던 걸로 기억해요.

제가 유진 님 노래 실력을 잘 알죠. 저도 코노(코인노래방)가는 걸 좋아해요. 늘 느끼지만, 노래는 타고나야 하는 것 같아요. 솔직히, 타고나셨죠?

솔직히, 목소리는 타고나는 것 같기는 해요. 목소리의 톤이라든가 느낌, 음색.

하지만 누구든지 발성법을 연구하고 좋아하는 장르를 따라서 보컬 스타일을 연습하면 개선되는 부분이 분명히 있어요. 무작정 '100% 타고납니다'라고 하기는 어려울 것 같아요. 50대 50 정도 아닐까요? 타고난 거 반, 노력 반 이렇게 보는 게 가장 이상적인 거 같아요.

음치도 노력하면 어느 정도 개선이 가능한가요?

그럼요, 개선이 가능합니다.

희망을 주시는군요. 가수마다 목소리 톤이 있잖아요. 본
인 목소리는 어떤 가수와 닮았다는 평을 듣나요?

최근 공연에서, 음향 감독님께서 "카펜터스의
목소리를 닮았다"라고 말씀해 주셨어요. 듣자마
자 "감사합니다"라고 90도로 꾸벅 인사를 드렸답
니다.

외국 가수인가요? 제가 잘 몰라서, 죄송합니다.

네. 외국 가수예요. 아무튼 기분 좋았어요.

유튜브로 그 가수의 노래, 'superstar'를 들어봤다. 한 음절이 나올 때
속으로 '와' 했고 어깨에 전율이 돌았다.
표현을 잘 못해서 아쉽지만 안정적이면서도 그 안에 알 수 없는 강한
힘이 느껴지는 목소리랄까. 음향 감독님이 인사치레로 한 말이 아님을
느꼈다.

그럼, 대학 전공은 실용음악과인가요?

아니요, 의류학과를 나왔어요.

옷에도 관심이 많았나요?

으레 그렇듯 수능 전후로 성적에 맞춰 선생님이 학교 리스트를 주셨어요. 담임선생님께서 내신 성적에 맞는 대학교 학과를 여러 군데 리스트 업 해주셨어요. 어렸을 때 옷 그림 그리는 걸 좋아했다고 하니 의류학과 쪽으로 진학해 보는 게 어떻겠냐고 제안해 주셨고요. 그렇게 의류학과에 진학했지만, 성인이 된 이후에 본격적으로 음악을 배우고 시작하게 됐죠.

다른 전공을 공부하면서도 음악에 대한 열정을 가지고 있었던 거네요?

오히려 음악에 대한 열정이 더 커졌죠. 한편으로는 공부를 열심히 해서 서울로 대학을 가서, 서울에서 음악 공부를 해야지'라는 생각을 하고 있었어요. 막상 지방에 있는 국립대 의류학과에 진학하게 되니까 뭔가 실패한 것 같더라고요. 한동안 패배감에 젖어 있다가 안 되겠다 싶어서 아르바이트 하며 음악을 본격적으로 배우러 다녔어요.

오, 보컬 학원 다니며 준비를 한 건가요?

네. 학원도 다니고 개인 레슨도 받으러 다니고요. 아, 스무 살 여름이 기억나네요. 지금 질문하신 분께서 저랑 보컬 학원 상담 같이 다녀주셨잖아요. 저 기죽지 말라고 높은 구두 신고 멋진 옷 입고 따라와 주신 것, 기억나요. 덕분에 기 안 죽고 물어보고 싶은 거 모두 다 물어볼 수 있었어요.

그때 제가 학부모 노릇을 좀 했죠. 그럼, 아르바이트를 많이 해보셨겠네요?

물론 부모님께 도와달라고 했으면 도와주셨을 거예요. 그런데 스무 살, 스물한 살 땐 부모님께 말할 용기가 없었던 것 같아요. 또 한편으로는 혼자 힘으로 음악을 배우고 싶었어요. 그래서 아르바이트를 많이 했어요. 편의점이나 카페, 노래방 카운터 아르바이트를 하면 빈 시간이 잠깐 생기거든요. 그때 음악 들으면서 카피하고 음악 이론 공부를 했죠. 아, 노래방 카운터 알바가 생소하실 수 있어요. 요즘엔 코인 노래방이 많은데 예전에는 룸 노래방이었거든요. 룸에 마이크를 드리고 음료 세팅하고 착한 손님들껜 서비스 시간 넉넉히 찍어드리는 아르바이트를 오래 했죠.

그렇게 하다가 바로 데뷔를 하신 건가요?

바로 데뷔를 했다기보다 공부하는 기간이 좀 있었어요. 레슨을 받는 와중에 아르바이트를 여러 개 하니까, 내가 번 돈으로 마이크도 살 수 있고 앰프도 살 수 있는 거예요. 누구의 눈치도 보지 않고 자립적으로 악기와 음향 기기들을 마련할 수 있겠더라고요. 열심히 번 돈으로 악기와 음향이 구비되자마자 버스킹부터 했어요.

음, 데뷔라는 게 앨범을 내거나 나를 공표하는 큰 공연을 하는 게 아니라 사람들 앞에서 당당하게 저를 소개하고 노래를 부른 거로 한다면 스무 살에 데뷔를 했다고 말할 수 있겠네요. 버스킹부터 시작했으니까요.

멋있네요. 버스킹 한 걸 데뷔 무대라고 생각했다고 하니까요. 그 데뷔 무대가 어디였어요?

광주 충장로에 유명한 핫플레이스가 있거든요. 충장우체국이라고 있어요. 그 근방을 우체국 사거리라고도 부르는데 그 앞에 좌판을 깔고 노래를 했어요. 그곳이 데뷔 무대였습니다.

길 가다가 종종 버스킹 하는 사람들을 보긴 하는데, 주변에 사람이 많이 없으면 제가 괜히 민망하더라고요. 사람들은 좀 모였었나요?

처음에는 노래를 부르든 말든 아무도 거들떠보지 않았어요. 첫날 버스킹 하고 벌었던 금액이 1,300원이었어요.

그래도 돈을 벌었네요?

감사하죠. 버스비는 나왔으니까요.

첫 무대에 돈통을 놔뒀을 걸 생각하니까 그것도 좀 재밌어요.

사실, 그날이 처음이라 돈통을 안 놔둔 거예요. 근데 누군가 쭈뼛쭈뼛 오면서 두리번거리시다가 닫혀 있던 기타 케이스 위에 300원을 올려놓고 가시는 거예요. 그걸 보고 기타 케이스를 활짝 열었죠. 그렇게 짤랑짤랑 모인 돈이 1,300원이었고 공연이 끝난 후에는 오가며 주신 관람비를 야무지게 챙겨서 버스를 타고 귀가 했습니다.

1,300원의 데뷔. 10년이 지난 지금. 꽤 오랫동안 음악을 품고 살아오신 거잖아요. 근데 만.약.에. 음악을 안 했다면 무슨 일을 하고 있었을까요?

친구들은 모두 직장인이 됐거든요. 친구들의 말을 들어보면 정시 출근, 정시 퇴근, 또는 정시 출근, 야근 하고 퇴근. 이렇게 규칙적으로 살아가더라고요. 그 이야기를 들어보면 약간 아득해지기는 해요. 음악을 안 했다면 어떤 일을 했을까 상상을 해본 적이 있긴 한데 직장 생활은 절대 못 했을 것 같고요. 아무래도 자유롭게 말하고 노래하고 표현하는 걸 좋아하는 사람인데 그 시스템 안으로 들어가면 너무 고통스러웠을 것 같아요.

그래서 음악을 안 했다면 아마 창업을 하지 않았을까요.

창업? 의류학과 전공을 살려서 옷 가게 같은 걸요?

전공을 살려서 의류 도소매업으로 진로를 정하지 않았을까 싶어요. 의류 관련 회사에 취직하는 건 어떨까 싶기도 했는데 직장 생활의 어려움이라는 이유도 있지만 다른 의미로도 그건 아닌 것 같더라고요. 한번은 모 의류기업 디자이너 인턴직에 지원서를 냈어요. 운 좋게 1차 서류 합격이 된 거죠. 2차 적성 검사 시험을 봤는데 2차까지 통과해 버린 거죠. 그쯤 되니까 '이거 운명인가?' 하는 마음이 들더라고요. 결국 최종 3차 면접장까지 가게 됐어요. 3차 면접은 5명 정도 그룹을 지어, 그룹별로 입장해서 면접을 보는 시스템이었는데 제 옆의 면접자가 다리를 막 달달 떨면서 중얼중얼 뭔가를 막 외우고 계시는 거예요. 그 모습을 보고 있는데 문득 음악 앞의 제 모습이 떠올랐어요.

오디션 직전이라던가 공연 직전에 떨리거나 초조할 때 저도 그런 모습이었거든요. 그분을 보고

서 생각했죠. 나 말고 다른 누군가가 이 기업의 디자이너가 되어야 할 텐데, 지금 최종 면접까지 와 있는 것조차 누군가의 자리를 뺏고 있는 건 아닌가? 지금 나는 나에게나 다른 사람에게나 다 몹쓸 짓을 하고 있구나.

그래서 그때 면접도 보는 둥 마는 둥 하고 나왔어요. 그 일이 내가 진정 원하는 게 무엇인지 명확하게 알려주었죠.

다른 사람의 모습에 내 모습이 투영되고 내가 진짜 원하는 게 뭔지 알게 되었네요.

맞아요. 그때 다시 깨닫고 '음악 하자.'

그럼 음악을 계속하기 위해서 어떤 노력을 지속하셨나요?

'음악' 공부에 더 투자했어요. 마음을 먹고 나니 지금 하고 있는 건 '노래'와 '퍼포먼스'쪽에 더 가깝다고 느껴져서요. 더 디테일한 교육을 받아야겠더라고요. 음악 전반적인 부분의 지식을 넓혀야 하는 거죠. 단순히 노래하는 사람에서 벗어나서 진짜 뮤지션이 되기 위해 개인 레슨도 받고, 선배 뮤지션분들께 과외도 받아보고, 발성과 보컬 트레이닝도 꾸준히 받아야 해서 그때 아르바이트를 가장 많이 했어요.

그리고 당당하게 음악을 하기 위해서 부모님을 설득했어요. 떳떳하게 인정받으면서 음악을 하고 싶었거든요. 물론 쉽지 않았어요. 집에선, 제가 안정적인 직장을 갖길 원하셨고, 제 진심도 모르셨을 테니까요. 그래도 꾸준히 음악으로 돈을 벌고, 가요제에서 수상도 하고, 참여한 음원도 발매되고, 대학원도 합격하니까… 부모님께서도 서서히 마음을 열어주신 것 같아요.

그 과정에서 친구들의 응원도 큰 도움이 되었어요. 처음엔 당당하지 못해서 친구들에게조차 음악 공부를 하고 공연하러 다니는 걸 꽁꽁 숨기긴 했지만, 친구들에게 알리고 나니 부모님과 갈등을 빚고 있을 때 친구들이 해준 응원 덕에 흔들리지 않을 힘이 나더라고요.

처음엔 부모님과 친구들이 음악하는 걸 몰랐나요?

네. 언니랑 동생, 가장 친한 친구 몇몇만 알고 있었고 거의 몰랐을 거예요. 저 자신도 성과가 없고 확신이 없으니 떳떳하지 못해 숨기려 했던 것 같아요. 알리고 나니까 엄청 편했는데, 그땐 왜 용기가 없었는지 모르겠어요. 극비로 음악을 하던 때 서울에서 잠을 청할 곳이 없어 우주 님에게 부탁해 자취방에서 며칠씩 묵고 가고 했던 기억이 새록새록 나네요. 그때 정말 고마웠어요.

친구끼리 당연한 거죠. 음악 공부를 위해 대학원 진학까지 하셨잖아요. 그것도 기존 학부가 맞지 않으면 진학이 어렵다고 들었어요.

대학원이 심화적인 교육 스텝이기 때문에 학부 전공과 대학원 전공이 맞지 않으니 합격을 위해서 많은 노력을 했죠. 학부가 다르니 실기시험 준비와 포트폴리오를 만드는 데 가장 공을 들였어요. 실용음악 포트폴리오에는 음반, 공연한 내용들, 수상 내역 등이 필요해요. 저는 음반과 공연 활동에 주력을 쏟았고 포트폴리오를 만듦과 동시에 따로 시창, 청음, 화성학과 같은 음악 이론 레슨, 보컬 발성 이론, 피아노, 기타 등 추가적으로 심화 공부를 했죠. 공연 활동을 하며 얻은 노하우를 착착 정리해서 대학원 진학 준비를 했어요.

대학원 면접 시험에서 한 교수님이 질문을 하셨어요. 학부가 다른데 왜 오려고 하느냐고. 명쾌하게 말했죠.

"음악을 너무 좋아합니다."

그 한마디.

그러니까 씩 웃어주시더라고요. 음악을 정말로 좋아하는 마음이 어필이 돼서 합격을 하고 졸업까지 안전하게 했습니다.

역시 진심은 통하네요. 아까 앨범 얘기가 나왔는데 그 앨범에는 어떤 노래를 넣어 발매하셨어요?

개인 싱글 앨범 두 장이 있어요. 〈있잖아〉라는 곡과 〈난 참, 아이참〉이라는 곡이에요.

〈난 참, 아이참〉 뭔가 상큼 상큼하네요.

정말 그래요. 상큼 발랄한 노래죠. 그 나이 때만 할 수 있는 음악이라고 생각했고 실제로도 그 나이였기 때문에 할 수 있었어요.

몇 살 때였어요?

20대 초반이요, 상큼했던 20대 초반을 뒤로 하고 2015년도부터 재즈라는 장르에 빠졌어요. 재즈클럽을 찾아다니면서 공연을 보러 다니고 재즈를 오래 공부하신 분들과 연주해 보기도 하고, 국내 재즈 보컬분들께 개인 레슨도 받고. 유명한 재즈 보컬리스트가 내한한다, 재즈 아티스트가 공연한다 하면 무조건 가서 들어봤어요.

재즈라는 장르가 굉장히 역동적이라는 느낌을 받았거든요. 타 장르도 엄청난 매력이 있지만 특히 재즈는 보컬이 악기처럼 플레이를 한다는 생각이 들었어요. 그렇게 자연스럽게 재즈 활동을 하게 되면서 감사하게도 마음 맞는 팀원들을 만났고 지금은 재즈 밴드 '리:페이지', 재즈 콰이어 그룹 'The

Sweet(더스윗)'에서 활동을 하고 있어요. '리:페이지'의 첫 번째 미니 앨범인 〈Our Home〉이라는 앨범도 발매했고요.

자연스레 홍보 시간인가요?

들켰나요?

재즈에 갑자기 끌리게 된 계기가 있을까요?

시작은 유튜브의 어느 영상 때문이었던 것 같아요. 그때는 유튜브가 지금만큼 활발하지 않았는데요. 한 재즈 보컬의 공연 영상을 봤어요. 그분의 무대는 〈뮤직뱅크〉, 〈나는 가수다〉와 같은 프로그램에 나오는 아티스트들과 다른 느낌이었어요. 일반적으로 제가 생각하는 가수는 정면, 혹은 관객을 바라보고 노래하는 사람이었는데 그분은 연주자들을 보면서 막 웃기도 하면서 자유롭게 공연을 이어 나가더라고요. 무대에서 시그널을 주고받는 것 같기도 하고. 그다음에 보컬이 갑자기 관악기처럼 막 두바두바 하면서 스캣을 하는데 그때는 스캣이 뭔지도 몰랐어요.

스캣은 보컬이 하는 즉흥 연주인데 너무 멋있게 느껴졌어요. 우와, 이제까지 알던 종류의 음악이 아니다라는 생각이 한 번. 그다음에 이걸 내가 한다면 어떤 그림일까라는 호기심이 2번. 무엇보다도 멋있다가 3번이어서 그때부터 재즈라는 장르에 몰두했다고 할까요? 흠뻑 빠져서 살았어요.

물론 지금도 많이 부족합니다만 그때의 열정은 지금 생각해도 신기할 정도예요.

오… 갑자기 궁금해졌는데, 혹시 작사도 하세요?

작사도 하고 작곡도 하고 있습니다. 앞서 말씀드린 〈있잖아〉와 〈난 참, 아이참〉, 그 명곡들을 제가 작사했습니다.(웃음) 작사를 하게 된 건 제가 음악을 시작했을 당시에 가이드 보컬을 많이 해서 그런 거 같아요.

가이드 보컬? 그게 뭐죠?

음악이 실제로 음원 사이트나 앨범으로 발매되

기 전, 스케치로 되어 있는 버전을 가이드 버전이라고 해요. 그 가이드 버전을 부르는 사람을 가이드 보컬이라고 하고요.

아, 실제로 가수들한테 주기 전에 이런 느낌으로 부를 거다, 그렇게 녹음하는 걸까요?

맞아요. 그렇게 가이드 보컬을 하게 됐는데 가사가 없는 버전에는 대충 가사를 붙여 불러 드리기도 했거든요. 그때 몇몇 분들께서 "유진 씨, 가사 써보실래요?" 하며 제안을 해주셨어요. 얼떨결에 대답하고 가사를 쓰기 시작했는데 생각보다 재밌는 거예요. 또 잘한다, 잘한다 해주시니까 좋아서 제가 날뛰더라고요. 그래서 재미있게 작사를 시작하게 됐죠.

그럼 본인 곡들도 직접 작곡, 작사를 한 건가요?

앞서 말씀드린 재즈 밴드 '리:페이지'의 차기 앨범을 준비하고 있는데요. 이전에는 작사 위주로 활동을 했다면, 이제는 용기 내서 작곡한 곡도 실어 볼 예정이에요. 편곡은 모든 멤버들과 다 함께 하고 있어서 작사, 작곡, 편곡에 모두 참여한 앨범을 준비 중에 있습니다.

창작이란… 영감이 와야 할 것 같아요. 영감이 오는 순간이 있나요?

제가 알고 있는 뮤지션 분들 중 어떤 분은 자연에서 영감을 받는다고 하고, 어떤 분은 갑자기 어느 순간 딱! 떠오른다고 하세요. 또 어떤 분은 그냥 상상의 나래를 펼치신다고 하는데요. 저는 사람과 사람 사이 관계에서 느껴지는 감정들, 또는 내면에 있는 감정들에 집중을 하다 보면 술술 나오는 것 같아요.

(웃음)에피소드도 궁금해지는데 보통 가수들이 녹음실에서 귀신 소리 같은 거 들어본 적 있다고 하잖아요. 혹시 유진 님도 그런 적 있나요?

전혀 없어요.

아, 전혀요?

　　예민해지면 저도 사람인지라 스트레스를 받잖아요. 스트레스를 받으면 소화가 잘 안 돼요. 오히려 본 녹음은 연습이 된 상황이니까 괜찮은데 본 녹음하기 전 데모 녹음할 때는 첫 녹음이니까 더 예민해지는 것 같아요. 그래서 저희 팀 앨범 데모 버전 녹음할 때 속이 너무 안 좋아서 녹음 직전에 구토를 했던 적이 있어요. 목소리도 잘 안 나오고 그런 컨디션으로 녹음했는데⋯ 그때 찍힌 사진을 보니까 제가 귀신이더라고요.

　　네, 그래서 귀신을 본 적은 없고 직접 귀신 몰골이 되어서 녹음을 한 적은 있어요.

네, 넘어갈게요. 팀에서 보컬을 하면서 또 학생들을 가르치기도 하시죠?

　　네, 학원을 운영하고 있고 대학에 출강하며 학생들을 가르치고 있어요.

다양한 방면으로 음악을 하고 계시는데 인상 깊었던 순간
이 있을까요?

딱 생각나는 무대가 있긴 한데 재즈 클럽에서
공연을 하던 날이었어요. 근데 그런 날이 있잖아
요. 오늘 너무 잘한다. 진짜 클린 연주다. 그런 날
은 집에 가도 일찍 못 자거든요.

여운이 진하게 남아서요?

집에 도착해서도 심장이 쿵쿵대는 느낌이 들어
요. 그 여운을 달래기 위해 무드등 하나 딱 켜놓고
평소엔 잘 들어가지도 않는 SNS에 공연 후기를 막
찾아보죠. 그날도 태그를 걸어 열심히 검색했는데
SNS에 제 무대 사진이랑 후기가 올라와 있는 거예
요. 그 게시글의 주인공은 남성분이셨는데 프로필
사진을 보니 누군지 알겠더라고요. 공연 중 'Cry
Me A River'라는 곡을 불렀는데 한 분이 눈물을
훔치시는 것 같아서 기억에 남았거든요. 공연 중에
'감동 받으셨나? 오늘 연주 잘했나?'라는 생각으로
연주를 마쳤는데 그분의 게시글을 보니 상황을 조

금 유추해 볼 수 있었어요. 최근에 이별을 겪고 혼자 재즈 공연을 보러 갔는데 눈물이 나서 주체할 수 없었다는 글귀를 보고요. 이어지는 글에는 울고 난 뒤 후련하다는 마음까지.

솔직한 글을 보고 제가 감동받았던 기억이 나요. 저의 무대가, 저의 노래가 누군가의 감정을 불러일으키기도 하고 마음을 어루만져줄 수도 있다는 생각이 들었던 경험이었어요.

정말 뿌듯했겠어요. 반대로 음악을 하면서 상처받은 적은 없나요?

상처받은 적 있죠. 많죠. 누군가에 의해 상처받은 적도 물론 있지만 스스로 자괴감이 밀려올 때 느꼈던 상처가 가장 컸던 것 같아요. 한창 버스킹을 하고 다닐 때 얘기인데요. 딸이 음악을 하겠다고 하고 어디에서 노래 부르고 다니는 것 같으니까, 부모님께서 제 공연이 보고 싶으셨나 봐요. 원래 같았으면 어디에서 하는지 절대 말씀 안 드렸을 텐데 하필 직전 공연들이 반응이 좋아서 그 기분에 취해 야외 버스킹 장소를 말씀 드렸어요. 왜 그런 날은 운이 안 따라주는지… 비가 갑자기 쏟아졌어요. 정말 추운 늦가을이었는데, 추적추적 비까지 내리니까 고양이 한 마리도 안 지나가는 거예요. 두 곡 정도 지났으려나요? 익숙한 실루엣이 멀리에서 점처럼… 아, 눈물이…. 점처럼 보이는 거예요. 제발 부모님이 아니었으면 좋겠다, 생각하면서 노래를 했죠.

노래는 계속해야 하고… 부모님도 관객이니까. 부모님이 점점 다가오시는데 표정이 안 좋고 저도 표정 관리가 안 되고. 그렇게 얼레벌레 공연을 끝냈어요. 끝나고 집으로 들어가는 길이 너무 싫은 거예요. 일부러 부모님이랑 안 마주치려고 늦게 들어가고 기분을 억지로 누르며 잠을 청했던 기억이 있어요.

그때 자괴감이 들었죠. 그런 감정이 밀려오면 소용돌이치잖아요. '음악을 하는 게 맞나'라는 생각까지 들고요.

그리고 누군가로 인해 상처를 받았던 적도 있긴 해요. 음악을 막 시작했던 시기에 만난 보컬 선생님이 말이 거친 분이셨어요. 화가 나면 악보를 찢어 던지셨던 적도 있고, 너무나도 실력이 부족하다는 식으로 자존감을 사정없이 내리치다가도 또 어떨 때는 한없이 좋은 말씀을 해주시기도 해서 혼란스러웠던 기억이 납니다.

부모님 이야기는 마음 아프고 선생님 이야기는 화가 나네요.

아무래도 성인 학생이니까 어린 학생들보다 이야기가 잘 통한다고 생각하셨나 봐요. 어떤 날에는 눈물 쏙 빼게 혼을 내시다가 기분 좋은 날에는 수업 시간에 '데이트 하러 가자'며 놀러 가자고도 했었어요.

레슨비를 받으면서 학생과 놀러가다니요?

열심히 아르바이트 해서 수강료를 지불했는데 어느 달에는 한 번만 수업을 받은 적도 있어요. 내가 너를 많이 예뻐한다, 서울 오면 본인 집 방 한 칸 정도는 내주겠다고 하시고 화장품, 티셔츠 같은 선물도 생각나서 샀다며 주시니까 감사한 마음이 들었어요. 그러다가 제 친구 관계까지 통제하려고 하고, 뜻대로 안 되면 또다시 나쁜 말로 불같이 화내기도 하셨죠.

그런 게 가스라이팅 아닐까요?

그때는 가스라이팅이라는 단어도 모르고 있었고요. 그 무서운 순간들이 빨리 지나가기만 바랐던 것 같아요.

그때 몇 살이었어요?

스물한 살에서 스물두 살?

너무 어렸던 시절이네요.

어렸죠. 음악을 배울 때, 원래 이렇게 해야 하는 건가 싶고, 너무 힘들다고 생각했던 것 같아요. 그러다 그 선생님과 자주 가던 카페가 있었는데 자주 가니까 얼굴도 알아봐 주시고 서비스도 많이 주셨던 카페 사장님이 있었어요. 여느 때와 다르지 않게 선생님의 심부름을 하고 있었어요. 그런데 사장님께서 갑자기 제 손을 살짝 잡으시더니

"학생, 선생님을 존경하는 거랑 모시는 거랑 달라. 이 말 새겨듣고 선생님을 존경하는 방법에 대해 다시 생각해 봐"라고 말하시더라고요. 제3자가 보기에도 굉장히… 이상해 보였던 거겠죠.

끌려다니는 것처럼 보였나 봐요.

이상한 상황으로 보였던 것 같아요. 사실 선의였든 악의였든 결국에는 그 선생님이 저에게 끊임없이 상처를 주고 계셨거든요. 절 힘들게 하셨지만 감내해야 하는 통과의례인 줄 알고 버티려고 했던 것 같아요. 하지만 그 말을 듣자마자 "일반적인 상황이 아닌가?"라는 생각이 들면서 뭔가 잘못된 걸 알게 되었죠. 그 이후, 그 선생님을 벗어날 수 있었어요.

카페 사장님이 은인이네요, 그 이후 선생님과 멀어지려고 노력하셨군요.

음악을 하지 않겠다고 말씀드리고 학원을 그만 뒀어요. 혼자만의 시간을 가지면서 진로에 대한 고민도 했지만 결국 너무 노래를 부르고 싶어, 다시 돌아와 지금까지 음악을 하고 있습니다.

지금도 생각하면 인생에서 정말 힘들고 우울했던 시기였던 것 같아요.

막 음악을 시작하던 때, 잘못된 어른을 만났네요. 그럼에도 음악을 해야지, 결국 음악을 놓지 않았던 원동력이 있다면 뭐가 있을까요?

당연히 저를 응원해 주시는 주변 분들이죠. 저의 가치를 저도 의심하고 있을 때….(눈물)

누가 있었나요?

저조차도 저를 의심할 때 끊임없이 응원해 주시는 분들이 많이 계셨어요. 친구들도 있고, 음악하면서 만나게 된 동료도 있고… 무엇보다도 부모님께선 걱정되는 마음에 음악을 안 하면 좋겠다하셨지만, 제가 공연한다고 하면 늘 오셔서 공연장의 자리를 메꿔 주셨거든요.

음악을 하면 돈이 있을 리가 없죠. 음악을 하면서 듣는 귀는 좋아지고, 장비를 업그레이드하고 싶은데 마침 좋은 매물이 중고로 나왔어요. 그럼 바로 지를 수밖에 없죠. 나름 통장 잔고를 계산해서 장비를 산다고 했지만 알바 가게 사장님께서 월급을 늦게 주시면 계획이 틀어지고 알바생인 저는 "괜찮아요"라고 말씀드릴 수밖에 없는 현실이 있잖아요. 그런 상황에서 힘들게 레슨 받고 장비를 사고 공연을 했던 거예요.

어느 날 핸드폰 요금이 나가야 하는데 통장에 핸드폰 요금 5만 원 나갈 돈이 없는 거예요. 자존심이 상하지만 언니한테 "미안한데 5만 원만"이라고 문자를 보냈죠. 언니가 "무슨 일 있어?"라고 물어봤고 "장비 사다가 핸드폰 요금 낼 돈이 없어"라고 하니까 바로 보내줬거든요.

언니도 그때 어렸고, 빠듯한 대학생이었는데 힘들다고 하니까 바로 보내준 거죠. 생각해 보면 언니가, 제가 음악한다고 부모님 허락을 구할 때도 가장 많이 도와준 사람이에요. 부모님이 언니에게 하소연할 때 "유진이 하고 싶은 거 한번 하게 해주자. 하고 싶은 게 있다는 게 얼마나 대단한 건데"라고 말해줬거든요. 그 말이 부모님 마음을 움직였다고 생각해요. 정말 고맙죠.

아, 그리고 동생도요. 같이 TV를 보다가 진짜 가고 싶었던 공연 광고가 나오는 거예요. 티켓 값을 검색해 보니 너무 비싼 거죠. 돈이 없으니까 엄두가 안 나요. 제가 한숨 쉬면서 "너무 비싸다. 안가" 하고 잊었어요. 그때 동생은 롯데리아에서 아르바이트를 하고 있었거든요. 알바비 받자마자, 시급 몇천 원 받고 일했으면서 10만 원짜리 공연을 예매해서 저를 준 거예요.

절대 잊지 못해요. 정말 고맙죠. 제가 부족한 순간에도 아낌없는 지원과 응원을 보내준 게 가족이어서 가족들의 응원이 없었으면 진작 음악을 포기하고 다른 삶을 살지 않았을까 싶네요.

사람한테 받은 상처를 또 사람한테서 치유받고… 이제 다 우셨나요?

끝났습니다. (웃음)

'나는 왜 그럴까'보다는 '나만 이러는 거 아니야'라는 생각을 하는 편이긴 해요. '누구나 이런 일이 생길 수 있어, 누구나 이 상황이라면 슬펐을 거야. 충분히 상처받을 만해. 내가 유난 떠는 게 아니야'라는 생각으로 상처받는 일이 생각보다 보편적인 일일 수 있단 생각을 해요. 그리고 감정을 더 깊게 파고드는 걸 그만두려고 해요.

감정이라는 게 깊이를 가늠할 수 없는 물속으로 잠수하는 거라고 생각하거든요. 그게 기쁜 감정이 됐든 슬픈 감정이 됐든 우울한 감정이 됐든 모든 감정은 다 깊이 파고들면 위험하다고 생각해요. 그래서 깊어지려고 할 때 브레이크를 걸 수 있는 다양한 생각을 하면서 멈추려고 해요. 또 저는 한 번 자면 누가 업어가도 모를 정도로 깊게 자거든요. 그래서 그만 생각하고 잠이나 자자. 그렇게 상처를 덜 받게 스스로 막으려고 하는 것 같아요.

깊이를 가늠할 수 없는 물속으로 잠수한다. 녹음기를 켜놓고 나중에 메모할 수 있어 다행이라는 생각이 들었다.

그럼에도, 감정을 잘 컨트롤 하는 그녀도 끝을 생각한 적이 있을까 궁금해졌다.

음악, 때려치울까 생각한 적은 없어요?

아무래도 금전적인 보상이 따라주지 않을 때 때려치우고 싶은 마음이 많이 들었어요.

음악을 시작하고 수입이 변변치 않았을 때가 있었어요. 친구들은 모두 취직하고 각자의 위치에서 경제 활동을 잘하는 것 같은데 전 아무리 해봤자 한 달에 100만 원도 안 되는 수익을 내고 있을 때…. 달마다 수입 격차도 너무 크고. 아, 공연이 많은 달에는 굉장히 행복합니다. 아마 음악 하시는 분들은 알 거예요. 연말에 공연이 굉장히 많아요.

연말에 행사가 많으니까요.

가을부터 겨울까지가 피크고요. 1월부터 캘린더가 확 비어 있어요. 누가 1월, 2월에 공연을 보러 다니겠어요. 12월까지는 일정에 치여서 사는데 1월, 2월 되면 공연도 없고, 수익도 줄고 시간은 갑자기 넘쳐나는데 어찌할 바를 모르겠어요.

원해서 가진 쉼이 아니잖아요. 그렇게 억지로 여유를 가지면서 시간만 보내고 있을 때. 이거 너무 불안하다, 때려치울까 하는 생각을 한 적이 있죠. 그때는 연습밖에 할 게 없는데 연습만 하니 금전적인 보상은 없고, 그와 동시에 시간이 많으면….

다른 생각을 하게 되죠.

그렇죠. SNS도 보게 되고 남들과 비교하게 되잖아요. 특히 아까 말씀하신 그 재능. 재능이 넘쳐나는 분들 보면 나도 빨리 연습해야겠다는 자극 반, 이 사람은 너무 잘한다는 생각에 좌절 반이 있어요. 그들과 비교하면서 끊임없이 저를 깎아내리다 보면 '그만해야 하는 게 맞나' 생각하게 되죠.

제가 보기엔 워낙 타고 났어요. 타고 나신 달란트가 많아서 그런 생각 안 해도 될 것 같아요.

아, 아닙니다. 감사해요.

이 질문 꽤 많이 받아봤는데요.

솔직히 처음엔 누구나 인정하는 아티스트 이름을 말하고 싶었거든요. 그래서 초창기에… 아, 지금도 초창기라고 하고 싶어요. 제 음악 인생을 길다고 생각하고 싶으니까요. 아무튼 더욱더 극.초.창.기 때는 멋있는 아티스트 이름을 말하기도 했어요. 실제로 인터뷰했던 잡지나 기사를 보면 롤 모델로 꼽는 아티스트를 묻는 질문에 유명한 아티스트들이 많이 들어가 있어요. 근데 지금은 제가 영감을 받는 누구나가 롤 모델이 될 수 있다고 생각해요. 누가 저한테 영감을 주시냐면, 진정성 있게 표현을 하는 분들이 저한테 크게 울림을 주시거든요. 그런 울림을 잔잔하게 주면서 동시에 오랫동안 본인의 목소리를 지키면서 연주하는, 혹은 노래하는 모든 분들이 롤 모델이라고 말하고 싶어요.

그러니까 제 주변에 있는 선후배님들, 동료분들도 저의 롤 모델이라고 할 수 있죠.

요거야말로 진부한 대답을 할 것 같은데….

인생의 롤 모델은 부모님이에요. 실제로 부모님이 제 인생에서 굉장히 좋은 길라잡이가 되어주고 계세요. 부모님 덕분에 여기까지 올 수 있었고요. 처음에는 반대하셨지만, 오히려 반대해 주신 덕분에 이 길을 깊게 고민하고 신중히 결정할 수 있었어요. 음악을 시작하고 나서는 정말 아낌없는 응원과 사랑을 주셨고요. 자녀가 뭔가를 한다고 할 때 무한한 응원을 주는 부모님들이 흔치만은 않잖아요. 그와 동시에 본인들의 상황에 구애받지 않고 아낌없이 지원을 해주시려고 해서, 부모님을 롤 모델로 삼고 있어요.

부모님 이야기만 하면 눈물이 나는 마법입니다.

이제 파악했어요. 가족 이야기가 눈물 버튼이네요.

어떤 보컬이 되고 싶다 딱! 한마디로 정의를 내릴 수 있을까요?

한마디요? 조금 어려운 질문이네요.

한 줄로? 깊이, 오래 생각하셔도 괜찮아요.

문득 생각나는 보컬?

문득 생각나는 보컬이라….

예를 들어, 정말 좋은 곡을 만났어요. 또는 정말 좋은 사람을 만났어요. 언젠가 문득 생각이 나서 다시 그 노래 듣고 싶고 그 사람 만나러 가고 싶고, 저는 그렇더라고요. 그렇게 문득 한 번 더 생각나는 보컬이 됐으면 좋겠네요.

좋네요. 참, 재즈가 대중적 장르는 아니잖아요. 어렵다는 느낌이 있어요. 요즘은 트로트, k-pop이 대세고요. 근데 인기를 쫓지 않는, 대세를 쫓지 않는 이유가 있을까요?

공연을 하러 다니면 한 번씩 흔들릴 때가 와요.

앞 순서 트로트 가수분들이 무대를 휘저어 놓으시면 뒤에서 안절부절못하죠. 급하게 트로트 레파토리를 추가해야 하나 얘기를 하고 있으면 리더님이 그때마다 저희를 워워, 진정시키시면서 말해요. "우리가 잘하는 거 해야 해" 그러면 '아, 그래. 우리가 잘하는 거 자신 있게 보여주면 인정해 주시더라'라는 생각이 딱 들어요. 그렇게 생각하고 무대에 올라가면 저의 에티튜드도 달라지더라고요. '우리를 좋아해 줄까?'라는 의심이 아니라 '자, 우리 멋있습니다. 들려드릴게요'라는 자신 있는 태도로요.

물론 트로트를 싫어하지 않아요. 트로트가 주는 매력이 있기 때문에 우리가 잘하는 버전으로 들려드릴 수 있게 몇 곡은 편곡도 해봤어요. 이런 방식으로 우리가 잘하는 걸 보여드리면 또 좋아해 주시기도 하더라고요. 그래서 항상 우리가 하는 음악, 그리고 우리가 하는 장르에 대해서 어려운 시선이 느껴지거나 스스로 회의감이 들거나 고민이 될 때, 그 한마디를 떠올려요.

'우리가 잘하는 거 하자.'

있었죠. 처음에는 굉장히 발버둥 쳤던 것 같아요. SNS에 나 이런 거 한다고, 엄청 올리고요. 팬한 명 한 명 붙잡고 싶고 막, 떠나지 마세요, 빨리 입소문 내주시란 말이에요. 이런 멘트도 쓰고요.

공연을 하다 보면 관계자분들이 많이 오세요. 대기실로 오셔서 명함 주고 가시면 굉장히 설레고요. 매체에서 인터뷰가 들어오거나 영상 촬영 작업이 들어오면 숍에 가서 "제 인생 최고로 아름답게 해주세요"라고 말하곤 했었어요.(웃음) 음. 지금도 인정받고 싶은 욕구는 커요. 하지만 지금은 여유가 있어요. 전 저만의 속도가 있다고 생각하거든요. 확 치달아서 위를 찍고 머물러 있는 사람도 있지만 천천히 한 칸, 한 칸씩 올라가는 사람도 있다고 믿어요.

그래서 저만의 속도로 저의 길을 가고 있다고 생각해요 언젠가 저라는 사람을 많은 분들이 알아봐 주신다면 스스로에게 엄청 크게 박수를 쳐주고 싶네요.

　　제가 정한 답은 "누군가가 나를 길에서 알아보
는 것"이었는데요. 이건 한 번 달성했어요. 남편
과 축구 경기장에 갔었는데, 하필이면 저희가 응
원하는 팀이 졌어요. 주차장으로 가는 길에 허공
에 발차기를 하면서 "아우, 이걸 지냐" 하면서 툴
툴대고 있었는데 어떤 분이 앞에서 자꾸 저를 쳐
다보시는 거예요. 너무 빤히 쳐다보시길래 상대
응원팀인 줄 알았어요. 그런데 갑자기 그분이 은
밀하게 다가오시는 거예요. '방금 멘트 문제 있었
나? 싸움 나나? 도망갈까?' 하며 소심해지고 있던
찰나에 "혹시 '리:페이지'의 보컬 분 아니신가요?"
하고 물어보시는거 있죠. 급히 공손하게 웃으며
"맞습니다" 했습니다. 순간 공차는 시늉하며 툴툴
댄 제가 창피해서 뒷걸음질 치면서 "네네, 감사합
니다" 하며 후다닥 차를 탔어요. 차에 타니까 '와,
알아봐 주시는구나!', '활동을 하다 보니 이런 날
도 오는 구나'라는 생각을 했어요.
　　전에는 유명이라는 기준이 '길에서 누군가가 나
를 알아보는 것'이었는데 그게 기준이 아닐 수도

있겠다는 생각을 겸허하게 해봅니다. 새로운 척도를 드려야 될 것 같은데 음. 좀 어렵네요.

제가 질문해도 될까요? 유명이란 뭘까요?

그런 생각을 했어요. 유진 님은 노래를 하니까⋯ 유진 님의 노래를, 대중들이 대부분 알고 있는 것, 그런 게 유명해진 거 아닐까요?!

그 의견 받아들이겠습니다. 실제로 지난주에 경기도 어디에 공연을 하러 갔는데, 저희 노래를 관객들이 아직 잘 모르시잖아요. 그래서 설명을 해드렸어요. "이런 곡이 있는데요. 이런 뜻입니다. 이런 내용입니다. 이런 포인트가 있으니 즐겁게 들어주세요!" 그리고 노래를 했어요. 저희 다음 무대는 유명한 가수분이셨거든요. 히트곡이 있으니까 전주부터 환호성이 나오고 관객분들이 떼창을 해주시는 거예요. 그때 조금 부러웠어요.

관객들과 같이 노래를 부를 수 있다는 점이요?

그런 의미에서 '많은 대중이 내 곡을 알고 있다'

가 유명함을 증명하는 하나의 기준이 되지 않을까 싶습니다.

본인 노래 중 대중들이 아는 대표곡이 있나요? 있다면 추천해 주세요.

〈See You Next Spring〉이라는 곡이 있어요.

〈See You Next Spring〉. 다음 봄에 봐요, 맞나요?

맞아요. 이 곡은 저희 팀 수정이라는 멤버가 만들었어요. 담양에서 벚꽃이 지는 풍경을 보면서 작곡한 곡이래요. 보통 사람들은 벚꽃이 지는 풍경을 보면 아쉽잖아요. 근데 그 친구는 희망을 봤대요. '이 아름다운 모습, 내년에도 볼 수 있는 거잖아. 우리 잠깐 멀어지는 건 슬프지만 다시 아름답게 내년에 또 만나.' 그러니까 그 발상이 굉장히 아름다운 거죠. 이 친구는 슬픈 프레임을 다르게 볼 수 있는 시각을 가졌다고 생각했어요.

들어보면, 서정적이고 어찌보면 가사도 슬프거든요. 하지만 이 곡 탄생이, 희망이 바탕이라는 것을

알기 때문에 그 곡을 부를 때마다 슬픈데 슬프지만
은 않은, 어찌 보면 행복하기도 한 느낌. 제 목소리
로 녹음된 곡 중에 가장 애정하는 곡 중 하나랍니다.

듣고 가사도 음미해 볼게요! 혹시 본인이 위로받고 싶을
때 듣는 다른 가수의 노래도 있나요? 궁금해 져서요.

최근에 꽂힌 보컬리스트가 있어요. 로페이^{Laufey}
라는 분이에요. 그분이 발매한 곡 중에 〈Magno-
lia〉라는 곡이 있어요. 그 곡이 목련꽃 이라는 뜻
인데 가사 내용은 목련의 아름다움을 칭송하는 내
용이라고 느껴져요. 그런데 자세히 가사를 음미해
보면, 정말 아름다운 존재인데 본인만 그걸 모른
다는 이야기예요. 그 누구도 본인과 견주지 못할
만큼 정말 아름답다고 말해주는 곡인데⋯ 며칠 동
안 반복해서 들었고, 들을 때마다 펑펑 울었어요.
이 곡도 눈물 버튼인가 봐요.

꼭 들어봐야겠네요.

꼭 들어보세요.

스스로 아름답다고 느끼지 못하는 친구들에게 이 곡을 꼭 들려주고 싶어요. 처음 들었을 때 생각나는 친구들이 있었거든요. 눈물이 평평 났던 이유가, 지금 슬픈 시간을 보내고 있는 친구들, 불안을 안고 살아가는 친구들이 떠올라서 그랬던 것 같아요. 그 친구들에게 들려주고 싶었어요.

유진 님이 이 노래를 불러주면 좋겠네요.

아, 불러드려야겠네요.

질문이 얼마 안 남았어요. 솔직하게! 유진 님과 같은 음악의 길을 걷게 될 후배들에게 해주고 싶은 말이 있을까요?

솔.직.하.게 말하면 모든 예체능이 그렇듯이 끊임없이 남과 비교하게 되거든요. 저도 엄청 비교했고요. 문득 이런 생각을 했어요. 내가 직장인이라면 누군가의 승진, 누군가의 좋은 성과 업무적 성과를 "축하해~ 너무 축하해!" 하며 진심으로 축하를 해줄 수 있지 않았을까? 그리고 업무 성과가 좋다면 인정해 줄 수도 있지 않을까 생각을 해요.

그런데 음악이라는 직업은 누군가의 성과를 축하하지만, 한편으로는 나의 상황과 비교하며 질투라는 감정을 느끼게 돼요. 또는 '나는 왜 못할까?' 하는 자괴감에 슬프기도 하고요. 정말 너무 좋은 앨범을 냈다고 하면 축하해 주고 싶은데 한편으로는 솔직하게 어쩔 수 없이 비교하는 감정이 드는 상황이 있어요. 그래서 계속 자신을 깎아내렸던 시기도 있었고. 그런 비교, 자격지심 때문에 굉장히 힘들었던 적도 있었어요.

그래서 음악을 시작하는 친구들에게 해주고 싶은 이야기는, 사실 이건 제 남편이자 팀 리더한테 들은 이야기인데요. 그분도 어디서 들었는데, 비교라는 감정은 하등 쓸모가 없는 감정이래요. 나와 누군가를 비교해서 느끼는 좌절감 그리고 그 사람과 나를 비교하면서 느끼는 우월감. 이 두 가지 감정은 살아가는데 쓸모가 없는 감정이라, 그런 마음이 딱 꿈틀대려고 하면 일단 막는 게 필요한 과정인 거래요.

그 얘기를 들은 후엔, 조금 발상의 전환이 돼서 뭔가 비교하고 싶은 순간이 딱 들잖아요?! 그러면, 일단 생각을 멈춰보려고 노력해요.

좋은 방법이네요. 정말 우월감과 좌절감은 상대적인 거라 아무 쓸모없어요. 누군가에게는 정신 승리일 수도 있겠지만.

맞아요. 이 방법을 깨달은 지 얼마 안 됐어요. 이걸 깨닫기 전과 후, 음악을 대하는 태도와 마음 상태엔 큰 차이가 있거든요. 물론 이제 막 음악을 시작하는 친구들은 귓등으로도 안 들어올 거예요. "쟤랑 너무 비교 되는데 어떡해"라는 생각을 할 수 있으나 이 방법이 나중에라도 문득 생각이 난다면 그때라도 늦지 않으니까 사용해 보세요. 건강한 마음으로 스스로의 가치를 지키는 행복한 뮤지션이 되셨으면 합니다. 그렇게 하니까 전 요즘 정말 행복하거든요.

건강하고 행복한 에너지가 저한테까지 전달되네요. 갑자기 궁금한 게 생겼어요. 재즈의 매력은 뭔가요?

음, 재즈는 즉흥성이 짙은 장르이기 때문에 시시각각 변화하는 매력이 있어요. 개인적인 소회라고 할까요? 재즈는 멋이 있다고 말씀드리고 싶어요. 아무래도 재즈를 어렵다고 느끼는 이유가 '이

해하기 어려워'라는 느낌 때문이거든요. 그렇지만 이해하기 어려운 이성이라고 생각하면, 참 매력 있지 않나요?

수학 문제 잘 푸는 남자가 멋있는 것처럼요?

맞아요. 어렵고 다가가기 힘든데 끌릴 수밖에 수 없는 엄청난 매력을 가진 이성과 같은 장르. 제가 재즈를 처음 만났던 그 유튜브 클립도 그런 느낌이었거든요. 어려운데 너무 멋있다. 이 장르에 대한 매력을 잘 아는 사람으로서, 이제 문만 열면 굉장히 새로운 세계가 펼쳐지니까 멋을 한 번 느껴보시라고 말씀드리고 싶어요.

대중들에게 재즈의 매력을 제대로 알리려면 어떻게 해야 할까요?

그게 가장 큰 고민인데요. 그래서 저희 밴드 '리:페이지'는 많이 아실 만한 곡들을, 재즈를 기반으로 편곡을 많이 하고 있어요. 은근슬쩍 맛을 보여드리는 거죠. "방금 들으신 게 뭐 였을까요?

재즈 어렵다고 생각하셨죠? 하지만 어렵지만 않습니다. 방금도 재즈였거든요"라고 말씀을 드리기도 해요. 그렇게 서서히 대중과 재즈 사이의 벽을 허물고 싶어요.

예를 들면 어떤 노래가 재즈로 편곡이 가능한가요?

최근에 자주 연주하고 있는 곡이 카펜터즈의 올드팝을 재즈 버전으로 편곡한 버전인데요. 많이 알고 계시는 〈Top Of The World〉나 〈Close To You〉 같은 곡에 재즈적인 요소를 많이 넣었어요. 다양하게 재미있는 장치를 많이 넣어놨거든요. 그럼, 관객분들께서는 익숙한 멜로디, 익숙한 가사니까 막 따라 부르세요. 흥겹게 들으며 따라 불러주시는데 알고 보면 재즈 요소들이 가미된 편곡이었던 거죠.

실제로 몇몇 분들은 저희 공연을 보고 재즈의 매력을 조금 알 것 같다고 DM을 보내주세요. 그럴 때, 우리가 가는 방향이 맞다는 생각을 하죠.

그렇군요, '리:페이지'에서 재즈 활동을 하고 계시잖아요. '리:페이지'의 궁극적인 목표는 무언가요? 재즈의 대중화?

재즈의 대중화라고 명확하게 말씀을 드릴 수 없는 게 정통 재즈를 대중화한다는 느낌보다 재즈 요소 하나, 하나를 어렵지 않게 느끼실 수 있으면 좋겠다는 게 더 맞는 것 같아요. 그저 저희 음악 즐겁게 들어주시면 너무 행복할 것 같습니다.

'리:페이지'의 목표인 '대중에게 어렵지 않은 재즈'가 꼭 이루어지길 바랍니다. 즐거웠어요, 재즈 보컬 유진 님.

네. 감사합니다.

"남과 비교하지 마세요.

당신이 얼마나 아름다운지 당신만 모르고 있어요."

이광영

"사는 게 곧
드라마라고
생각해요."

#주위를 변화시키는 사람에 대하여

무더운 여름의, 첫 사극 드라마 촬영이었다. 단역이었지만 대사가 꽤 있어 긴장과 설렘을 함께 안고 있는 찰나, 저 멀리에서 밝다 못해 후광이 비치는 사람이 씩씩하게 내 쪽으로 걸어왔다.

땀이 맺힌 얼굴에도 웃음을 잃지 않고, 현장의 모든 사람들에게 인사를 건네던 그녀의 모습은 살아있는 에너지 그 자체였다. 비타민 C와도 같은 그녀에게, 난 그만 빠져버리고 말았다. 계속 그녀에게만 눈길이 갔다. 카리스마라는 것이, 묵직하고 날카로운 어떤 것이라고만 생각했던 편견에서 벗어나게 해준 사람. 다정한 카리스마도 가능하다는 걸 알았다. 드라마를 만드는 그 시간 동안 말이다.

그래서 그녀의 직업을, 그녀를, 인터뷰를 통해 더 알아보고 싶었다. 그날 촬영을 마치고 집에 돌아가, 이 책에 그녀를 초대하고 싶은 마음을 작은 편지지에 꾹꾹 눌러썼다. 그리고 마지막 촬영일에, 그 편지를 조심히 두 손에 지니고 현장으로 갔다.

'언제 드리지…?' '계속 바쁘신데…!' '이상하게 생각하면 어떡하지?'

별별 마음의 소리 때문에 편지를 쉽사리 꺼내지 못했다. 그런데, 잘 생각해 보자. 이메일 주소도 몰라, 연락처도 몰라, 어쩌면 오늘이 마지막으로 피디님 얼굴을 보는 것일 수도 있는데 뭐가 그리 창피하단 말인가? 그날 촬영을 마치고 인사를 드리면서 그녀에게 불쑥 편지를 전했다. 얼마나 지났을까, 기다리고 기다리던 긍정적인 회신이 왔다.

오랜만에 심장이 크게 뛰었다. 내가 느낀 정이 가득한 그녀의 모습을 인터뷰에 잘 담을 수 있을까? 그녀를 만나기로 한 날, 자세를 고쳐 앉아 질문을 다듬으며 몇 번이고 스스로에게 물었다. 연출 '이광영', 사람 '이광영', 그 두 가지 모습을 인터뷰 안에 충분히 녹여낼 수 있을까?

기대와 설렘을 가득 안고 촬영장 밖에서 그녀와 마주 앉았다. 많이 생각하고, 고르고 골라 진득하게 해주시는 이야기를 듣다 보니 시간이 많이 흘러 있었다. 그리고 다시 돌아와 그때의 대화 시간을 정리하다 보니, 내가 몰랐던 그녀의 모습이 보인다. 밝고 강한 그 모습 뒤에 서려 있는 신중하고 또 신중한 그녀의 모습. 다정하게 웃고 있는 얼굴 뒤의 고민과 치열함 그리고 열정을 말이다.

피디님, 안녕하세요. 오늘은 현장이 아닌 곳에서 뵙게 되었네요. 많은 분들이 알고 계시지만 그래도, 자기소개 부탁드릴게요.

안녕하세요, 연출하는 이광영입니다.

요즘엔 어떻게 지내고 계세요?

〈춘화연애담〉 촬영이 끝나서 지금은 후반 작업 중이에요. 편집하고 음악 넣고 이런 작업을 진행하고 있어요.(인터뷰 시기는 2024년 가을이었다)

촬영할 때보다 여유가 조금 생기셨나요?

여유가 전혀 없어요. 편집 작업이 꽤 오래 걸리거든요. 〈춘화연애담〉에는 애니메이션도 들어가야 해서 계속 회의에, 회의가 이어지고 있어요. 촬영하면서 못 했던 미팅도 쌓여 있어서 사실상 쉬는 날이 거의 없네요.

촬영 현장에서 봤을 때 호탕하고 밝은 모습이 인상 깊었어요. 그런 에너지는 대체 어디서 나오는 걸까요?

타고난 성격인 것 같아요. 어릴 때부터 밝다는 소리를 많이 들었거든요.

그녀 특유의 반달눈 웃음에 그 말조차 사랑스럽게 들렸다.

자신의 일을 사랑하는 사람을 보면 늘 궁금한데요, 언제부터 드라마 피디가 되고 싶으셨는지 궁금합니다.

초등학교 때 아나운서로, 방송반 활동을 했었어요. 그때를 떠올려 보면 늘 재미있었던 기억이 있어요. 하지만 결정적인 계기는 아마도 시간이 지나 중학생 때였을 거예요. 그때 류시원 씨가 나왔던 유명한 캔커피 광고가 있었어요. "저 지금 내려요"라는 대사로 유명했던 그 광고요.

오, 그 광고 정말 유명했죠.

우주 씨도 알죠? 그 광고를 보고 난 뒤, 버스를 탈 때마다 괜히 설레곤 했어요. '누가 나한테 "저 저 지금 내려요"라고 하면 뭐라고 대답하지?' 이런 상상을 하면 꽤 즐거웠거든요. 그때부터 그런 방송을 만드는 사람이 되면 좋겠다는 생각이 들었어요. 그래서 막연하게 "드라마 피디를 하면 참 좋겠다"라는 꿈을 꾸기 시작했던 것 같아요.

뭔가를 기획하고, 이야기를 만드는 쪽으로 진로를 정하고 싶다는 생각이었군요?

맞아요. 이야기를 만드는 사람이 되고 싶다, 고 많이 생각했어요. 사실 보통, 학교 가는 길이나 회사 가는 길이 우울할 때가 많잖아요. 그런데 광고를 보고 나서는 학교 가는 길이 덜 우울하더라고요. 누가 말이라도 걸 것 같은 느낌이 들어서요. 그런 이야기를 만들어보고 싶다, 사람들에게 작은 위로나 설렘을 줄 수 있는 이야기를 만들고 싶다는 생각을 막연히 했던 것 같아요.

그럼 피디님 전공은 방송과 관련된 학과일까요?

신문방송학과요.

아, 신방과! 꾸준하게 피디의 길을 꿈꿔오신 건가요?

꼭 그렇진 않았어요. 피디라는 건 막연한 '되고 싶다'지 '되야겠다'는 아니었던 것 같아요. 그보다도 이것저것 하고 싶은 게 많은 아이였어요. 사실 미술 공부를 하고 싶은 마음도 약간 있었지요.

미술 공부를 계속하려면 비용이 많이 든다고 얼핏 친구들에게 들었던 것 같아요.

IMF가 터지고 나서 집안 형편이 어려워지기 전까지는 미술 공부도 하고 싶었고, 만화 동아리 회장을 할 때는 만화가가 되고 싶던 적도 있었어요. 아나운서, 변호사가 꿈이었던 적도 있었죠. 지금 생각해 보니 철이 없었던 것 같아요.

그녀의 빛나는 눈에서, 열정으로 가득 찬 꿈 많은 소녀의 모습이 보였다.

어린 시절의 열정이 지금 그녀의 일에 깊이 스며들어 있는 게 아닐까.

지금 와서 돌아보면, 어렸을 때 경험한 것들이 현재의 일
에 도움이 된다고 느껴지는지 궁금해요.

정말 그래요. 만화 같은 경우는, 드라마 콘티를
짤 때, 직접적인 도움이 되거든요. 보통 만화와 드
라마 콘티를 연관지어 생각하지 않지만, 만화의 칸
하나하나가 사실상 콘티라고 볼 수 있어요. 훌륭한
만화들은 콘티 자체가 굉장히 정교하고 뛰어나죠.
고등학교 때 보지 않은 만화가 없을 정도로 많은
만화를 봤어요. 그런 경험들이 지금도 정말 많은 도
움이 되고 있어요. 그림을 그렸던 것도 그렇고요.

그렇지만 피디 준비 과정이 결코 쉽지 않다고 주변에서
들었어요.

피디가 되는 준비도 일종의 취업 준비잖아요. 쉽
게 될 수 있는 직업은 어디에도 없죠. 준비하는 내
내 어렵고 힘들다는 생각을 했어요. 그때만 해도
드라마 피디를 뽑는 방송국이 방송 3사 정도밖에

없다 보니까, 지원자 수에 비해 문이 좁다고 느꼈던 것 같아요. 저렇게 몇 명 뽑지도 않는데, 될 수 있을까, 들어갈 수도 없는 문인데 애써 모른 척 줄서 있는 건 아닐까, 하는 생각을 하면서요.

또 수학 시험처럼 정답을 적어내는 시험도 아니니까, 남들에 비해 어디까지 왔는지, 잘하고 있는지도 모르는 상태로 계속 그 막막한 길을 걸어야 하는 과정 같아요. 그런 막연한 두려움을 걷어내면서 준비하는 게 쉽진 않았던 것 같아요.

워낙 드라마 피디가 문이 좁으니까, 혹시 안 되면 그래도 피디보다는 몇 명 더 뽑는 기자에 지원을 해야 하나, 다른 분야라도 방송국에 취직하고 싶다, 이런 생각도 많이 했어요.

그럼, 혹시 다른 분야에 지원해 보신 적도 있나요?

여러 가지 생각을 하면서 어디를 지원해야 하나 고민했어요. 절대 기자 준비가 쉽다고 생각한 건 아니었지만, 방송국에선 피디보다 기자를 더 뽑았거든요. 그래서 막연한 불안함 때문에 기자에 지원해 본 적이 있기는 해요. 그때 자기소개서를 쓰는데 피디를 지원할 때보다 재미가 없더라고요. 항목 자체가 달랐거든요. 시험 분야도 다른데, 기자 시험은 훨씬 더 어렵다고 느껴졌던 것 같아요.

어차피 형편상 문이 좁은 언론사 취업에만 매달려 있을 수 없었던 상황이었어요. 졸업 시즌에 '마지막으로 1년만 죽을힘을 다해보자' 생각하고, 그래도 안 되면 과감히 포기하려고 했지요. 그렇게 생각하니까, 이왕이면 가장 하고 싶은 일에 죽을힘을 다하고 싶더라고요. 그때부터는 한눈 팔지 않고, 드라마 피디 시험에만 올인했던 것 같아요.

다행히 1년이 지나기 전에 합격했습니다. (웃음)

와, 굉장히 짧은 시간 안에 합격을 하신 거네요?

저보다 더 빨리 된 사람도 있긴 하겠지만, 제가 빨리 합격한 편이었던 것 같긴 해요. 하루에 딱 네다섯 시간씩 자면서 정말 열심히 했거든요.

언제 합격하신 거죠?

스물세 살이었어요. 동기들 중에서는 사실 어린

나이에 합격한 편이긴 해요.

SBS 공채로 들어갔는데, 기자 중에 저랑 동갑인 분이 한 명 있었고, 피디 중에서는 제가 제일 어렸어요.

피디가 되기 위해서 준비하신 것들이 문득 궁금해지네요.

참 애매한데, 정말 광범위해요. 언론사 시험이라는 게 자기소개서를 넘어가도 상식, 논술, 작문, 기획안 시험이 버티고 있고, 합숙 면접을 하면서 또 다른 역량을 테스트 하고 그 뒤로도 해마다 다른 몇 차례의 테스트를 거쳐야 하거든요.

그래서 스터디를 할 때 독서 스터디, 논술·작문 스터디, 신문 토론 스터디, 상식 스터디까지 할 수 있는 건 다 했던 것 같아요.

아침 9시에 독서실에 가면 우선 신문 읽는 걸로 시작해요. 조선일보, 중앙일보, 한겨레 같은 주요 신문들 읽으면 오전이 다 가요. 점심을 먹고 나면 상식 공부를 두 시간 정도, 오후 3시부터 5시까지는 본격적인 스터디를 하죠. 스터디 준비를 위해 또 책도 읽어야 하고, 논술·작문 복기도 해야 하고요. 이렇게 하다 보면 12시가 훌쩍 넘어요.

그 와중에 집에 가서 영화를 한 편 봐요. 그래야 마음이 편안해지거든요. 그게 단순한 영화 감상이 아니라 모니터링 차원이에요. 그렇게 하루하루 요일별로 계획을 세워서 진행했어요.

공무원 시험처럼 과목이 딱 정해진 것이 아니라 더 힘들었을 것 같아요.

그래서 더 재미있었던 것 같아요. 책만 파라고 했다면 금방 포기했을지도 몰라요. 그런데 오늘은 책 읽고, 내일은 영화 보고, 또 다른 날은 신문 읽고, 이런 식이라 오히려 흥미로웠어요.

합격 소식을, 부모님이 정말 좋아하셨을 것 같아요.

합격 발표 날은 아침부터 그냥 누워 있었어요. 잠도 안 오고요. 그런데 엄마랑 아빠가 반차를 내고 일찍 집에 오셔서 말 한마디 없이 그냥 거실에 앉아 계시는 거예요. 제가 떨어지면 위로라도 해주려고 그러셨던 것 같아요. SBS 뉴스에 발표가 나온다고 했는데, 그전에 전화가 먼저 왔어요.

전화를 받으면서 "네, 네, 네"라고 대답하는데 부모님이 평온한 척, 그렇지만 귀를 활짝 열고 듣고 계신 게 다 보였어요. 마지막에 제가 "감사합니다"라고 하니까 그제서야 밖에서 우시는 거에요.

어쩌죠? 저도 눈물이 날 것 같아요.

부모님이 너무 좋아하면서 우시는데, 저도 눈물이 날 만큼 기쁘고 감사했어요. 특히 아빠는 좋다는 걸, 내색하는 스타일이 아니셔서 더 그랬던 것 같아요.

엄마는 지금도 그날을 평생 잊을 수 없다고 하세요. 저희 집이 그때 많이 힘들었거든요.

생생하게 그 장면이 그려져서, 괜시리 눈시울이 붉어졌다. 괜히 목소리를 가다듬고 인터뷰 질문이 적힌 종이로 시선을 돌렸다.

방송국에 들어간 이후 이야기가 궁금해요. 꿈꿔왔던 피디의 모습과 실제 피디의 모습에는, 어떤 차이가 있던가요?

사실 그런 차이를 느낄 새도 없이 바빴어요. 내가 뭘 꿈꿨는지조차 생각이 안 날 정도로 조연출 시절은 정말 힘들고 정신이 없는 시간이니까요. 지금이야 주 52시간 근무제가 있지만, 그때는 하루에 세 시간만 자도 감사한 날들이었어요.

그 시절은 완전히 잠과의 씨움이었겠어요.

맞아요. 이동 시간 빼고는 쉴 틈이 없죠. 조금 오래된 '라떼는' 얘기지만, 새벽 4시에 버스가 사우나 앞에 우리를 내려줘요. 그다음, 새벽 5시에 다시 집합이에요. 사실상 자는 시간이 없죠. 사우나에서 씻고 바로 나와야 했으니까요.

각자에게 주어진 시간을 보면 "씻고 나와라" 이 메시지예요.

이동하면서 버스에서 겨우 잠을 잤어요. 그땐 다들 그렇게 했으니까 아무 의심 없이 그렇게 했던 것 같아요. 나의 이상과 현실이 뭐가 다른지 고민할 시간조차 없었어요. 그저 '이 시간을 버틴다'는 생각뿐이었죠.

그동안 연출로만 여섯 개 작품을 하셨잖아요.

지금 세어보니 하나, 둘, 셋⋯ 다섯, 여섯, 일곱 개네요. 단독으로 한 것만요. 공동 연출한 작품은 빼고요.

모두 소중한 작품이지만, 혹시 제일 기억에 남는 작품이 있나요?

정말 솔직히, 전부 기억에 남아요. 이 작품은 이 래서 기억에 남고, 저 작품은 저래서 기억에 남고. 매번 작품마다 배우는 게 있으니까요.

그럼 너무 힘들었던 작품은요?

솔직히 말하면, 다 힘들었어요. 기억에 남는 작 품들이 다 힘들었던 거네요. 이 작품은 이래서 힘 들고, 저 작품은 저래서 힘들고. 근데 항상 최근에 찍었던 작품이 제일 힘들었어요. 지나면 다 까먹 으니까요. 그래서 지금은 〈춘화연애담〉이 제일 힘 들었던 작품이에요.

그리고, 제가 연출한 첫 사극이기도 했어요. 출장이 많았던 현장도 처음이었고요. 안 해본 장르이다 보니까 정말 힘들었던 것 같아요. 그래도 새롭게 배운 점도 많아서, 지금 돌이켜보면 뿌듯함도 커요.

드라마 피디들 중에 영화 감독이 되고 싶다고 하는 분들도 꽤 계세요. 그런데 저는 처음부터 드라마 피디가 하고 싶었어요. 학교 다닐 때, 영화는 정말 각 잡고— 그러니까 돈을 내고, 시간을 내서 집중하고 보는 콘텐츠였어요. 당시에는 OTT도 없었고, 영화는 극장에서만 볼 수 있었으니까요.

반면 드라마는 일상 속에 자연스럽게 스며드는 매체였어요. 교수님들이 "드라마는 엄마들이 설거지 하다가도 볼 수 있는 장르"라고 표현하셨던 게 기억나요. 그런 점이 매력적으로 다가오더라고요. 설거지 하다가 보게 되는 드라마처럼, 일상에서 누구나 쉽고 가깝게 접근할 수 있는 이야기를 만들고 싶었거든요. 어릴 때 광고를 보고 설레었던 것처럼, 누군가의 일상 속에 자연스럽게 스며들어 작은 위로나 감동을 주는 이야기를 만들고 싶었어요. 그래서 처음부터 드라마 피디가 되고 싶었고, 지금도 같은 마음이에요.

그래서 그녀의 작품에서 사람 냄새가 났구나 싶었다. 현실적이지만 차갑지는 않은, 치열하지만 때론 웃음이 나는.

이제 제가 좋아했던 드라마 이야기를 해보고 싶어요. 정말 재미있게 봤던 〈며느라기〉! 만화가 원작이잖아요! 대본 보고 어떠셨어요? "어? 내가 아는 만화다!" 이런 느낌이었을까요?

(웃음) 〈며느라기〉는 애초에 원작을 사서 제작사와 같이 대본을 쓰고, 작가님에게 제가 직접 연락을 드려서 함께 작업했던 작품이에요. 원작 자체를 워낙 재미있게 봤거든요. 제가 그때 결혼 초기였어서 며느라기가 뭔지 너무 잘 알고 있었고, 그

래서 공감하며 작업할 수 있었던 것 같아요.

원작이 워낙 유명한 작품인데, 부담감은 혹시 없으셨나요?

사실, 당시만 해도 카카오TV 같은 OTT 플랫폼이 지금처럼 활성화되어 있지 않았죠. 지상파 방송이었다면 부담이 더 컸을 것 같은데, 카카오TV는 처음 접하는 플랫폼이라 오히려 "재미있게 하면 되겠다"는 마음으로 작업했어요. 그런데 뜻밖에도 그 작품이 제일 큰 성공을 거뒀죠.(웃음)

편하게 작업하셨다니 의외네요.

원작이 콘티가 좋아서 "최대한 원작을 살려서 가자"라고 생각했었어요. 덕분에 부담없이 재미있게 연출했던 것 같아요.

〈며느라기〉가 시즌 2까지 이어졌잖아요. 그때도 부담은 없으셨나요?

시즌 2는 안 하려고 했었어요. 원작 이야기를

시즌 1에서 거의 다 써서, 시즌 2는 완전히 새로운 이야기를 만들어야 했거든요. 그런데 많은 분들이 좋아해 주셔서 결국은 하게 됐어요. 부담은 있었지만, 좋은 제작사와 작가님과 함께해서 재미있게 작업할 수 있었던 것 같아요.

시즌 2에서 전하고 싶은 메시지가 있었나요?

그때 꼭 하고 싶었던 이야기가 있었던 것 같아요. 드라마에서 임신하면, 다들 "축하해" 하면서 서로 끌어안고 우는 장면이 나오잖아요. 저는 "일하다가 아무런 준비도 없이 임신하면 어떨까?"라는 생각이 갑자기 들었던 적이 있었어요. 솔직히 그런 일이 생기면, 무서울 것 같더라고요. 그런 이야기를 시즌 2에서 다뤄보고 싶었죠.

많은 여성들이 이 드라마에 현실적으로 공감할 수 있었던 이유가 있었네요.

그렇죠. 〈며느라기〉는 시즌 1도, 시즌 2도 제가 이야기하고 싶었던 걸 많이 담으려고 했던 작품이에요.

작품이 공개되고, 시청률이 걱정되거나 신경 쓰이진 않으
셨나요?

당연히 신경이 쓰이죠. 만약 시청률이 낮은데
현장에서 웃고 있으면 "저러니까 시청률이 안 나
오지"라고 할 것 같고, 반대로 울고 있으면 "시청
률 안 나왔다고 저렇게까지 하나"라는 말이 나올
것 같더라고요. 당시에는 방송 중간중간 시청률을
계속 확인하며 작업하던 시절이라, 신경을 안 쓸
수 없었어요. 항상 신경이 쓰였죠.

요즘은 사전 제작으로 완성한 뒤 방영하는 경우가 많다
보니, 그런 부담은 덜할 거 같아요.

맞아요. 그래서 〈며느라기〉 작업이 정말 즐거웠
어요. 시청률 대신 조회수로 반응을 확인했거든
요. 볼 때마다 조회수가 계속 올라가 있으니까 마
음이 한결 편했죠. 그런 면에서도 굉장히 좋은 경
험이었어요.

요즘은 드라마 제목만 검색해도 네이버 톡 같은 곳에 실
시간 댓글이 쏟아지잖아요. 혹시 그런 댓글들 보시나요?

무조건 봐요. 궁금하니까 안 볼 수 없더라고요.

드라마 톡에 보면 배우에 대한 악플도 있을 테고, 작가나
연출에 대한 악플도 있을 텐데, 그럴 땐 어떠세요?

사실 이 일을 하는 사람들은 대중의 평가를 의
식하지 않을 수 없잖아요. "악플에 연연하지 않는
다"라고 하면 거짓말이겠죠. 다만, 저는 그걸로 크
게 상처받거나 일일이 대응하는 스타일은 아니에
요. 그냥 "아, 이 사람은 이렇게 생각했구나" 하고
넘기려고 해요. 물론 속으로 "아무것도 모르면서"
라고 생각할 때도 있죠.(웃음)
그래도 오래 마음에 두지 않으려고 해요.

상처받지 않으려고 하는 건, 좋은 태도 같아요. 반대로 따
뜻한 댓글은 또 힘이 되죠.

맞아요. 최근에 연출한 〈사랑이라 말해요〉 같은

경우엔, 좋은 댓글이 정말 많았어요. 그런 글들을 보면 확실히 힘이 나요. 작가님이랑 댓글을 보면서 "이거 보셨어요? 어떻게 우리 의도를 이렇게나 잘 알아주시지?" 하면서 즐겁게 이야기했던 기억이 나요.

그런 댓글은 캡처해서 보관하고 싶어져요.

실제로 캡처해서 작가님께 보내드린 적도 있어요.(웃음) 그 작품이 작가님 입봉작이라 많이 긴장하고 계셨거든요. 그래서 "이런 좋은 댓글들이 있으니 힘내세요!"라고 보내드렸던 기억이 있어요

저도 저에 대한 좋은 댓글은 저장하고 싶어서 휴대폰에 따로 보관하곤 해요. 새삼 피디라는 직업의 장단점은 어떤 건지 궁금해지네요.

장점은 아무래도 프로젝트 단위로 일을 하다 보니, 중간에 쉬거나 여행을 갈 시간이 있다는 점이에요. 여행을 좋아하는 사람에겐 최적의 직업이라고 생각해요. 보통 일반 회사에서는 휴가를 길

게 내기 쉽지 않잖아요. 그리고 여행을 가거나 TV를 보고, 드라마나 영화를 보는 게 곧 일이 되기도 하니까 그런 점이 좋아요. 또 다양한 사람들을 만나는 걸 좋아하는 분들에게도 피디라는 직업은 매력적인 직업이에요.

하지만 단점도 분명 있어요. 우선 책임감이 너무너무 막중해요. 한 작품을 이끌어가는 위치에 있다 보니 어깨가 무겁고, 체력적으로도 정말 힘들기도 하고요.

진짜 체력이 중요한 직업이네요. 한편, 연출이라는 역할은 외롭기도 할 것 같아요.

정말 외로워요. 특히 어떤 결정을 내려야 할 때는 무게감이 크게 다가오죠. 그래서 끝까지 함께 있어 주는 스태프들의 소중함을 늘 느끼고 있어요. 그분들이 없었다면 혼자, 여기까지 올 수 없었을 거예요. 다들 진짜 제게는, 은인 같은 존재예요.

예전하고 현장도 조금 달라진 것 같아요. 요즘은 촬영이 예전에는 7일 내내 촬영만 했어요. 촬영 끝나고 밤에 들어가서 편집까지 하고, 말 그대로 쉬는 날이 없었죠. 요즘은 주 52시간 근무제가 되면서 조금 변화가 생기게 됐어요. 일주일에 딱 4일만 촬영하고, 이틀은 헌팅이나 장소 섭외 같은 준비 시간을 가질 수 있게 된 거죠. 그리고 하루는 편집이나 대본 검토를 할 시간이 생겼어요.

예전에는 촬영 장소도 미리 못 보고, 콘티 없이 바로 현장에서 시작하는 경우도 많았어요. 이제는 작가님과 대본을 깊이 논의하거나 편집실에 자주 들러볼 수 있게 됐지요. 근무 시간이 줄어든 건 아니에요. 다만, 그 시간을 드라마의 퀄리티를 높일 수 있는 작업에 쓸 수 있게 된 거죠

사실 이 주제에 대해 며칠 전 친구랑 얘기를 했

어요. 요즘은 사전 제작도 많아졌고, 촬영 기간도 길어지면서 워라밸의 필요성을 정말 많이 느끼고 있거든요. 예전에는 6개월 남짓 짧은 시간 안에 한 작품을 끝냈다면, 지금 〈춘화연애담〉 같은 경우, 10부작인데도 작업이 1년 넘게 걸렸어요.

긴 프로젝트를 하다 보면 몸도 마음도 정말 소진되는 것 같아요. 그런데 문제는, 제가 워라밸을 제대로 배워본 적이 없다는 거예요. 일을 할 때는 친구 만나서 커피 한 잔 마시는 것도 괜히 죄책감 들 때가 많아요. 어릴 때부터 "이 일은 모든 걸 쏟아부어야 한다"고 배웠거든요. 그러다 보니 에너지를 다른 데 쓰는 것조차 잘 못 해요.

그런데 작업 기간이 길어지다 보니 이런 방식으론 버틸 수 없겠다는 생각이 들더라고요. 긴 프로젝트를 하다 보면 매몰되는 느낌이 들고, 그러면 창의력도 떨어지고, 사람도 지쳐요. 그래서 더 워라밸을 고민하고 실천하는 법을 배워보려고 해요. 드라마를 연출한 지 20년이 다 돼가는데, 이제서야 이런 생각을 하게 된 거죠.

그런 순간, 가끔 있어요. 특히 일에 있어, 책임
감 없이 행동하거나 열심히 하지 않는 사람들 보
는 게 너무 힘들더라고요.

그런 경우가 없진 않죠. 기본적인 것이 지켜지
지 않는 상황들이요. 예를 들어 배우가 대사를 외
워오지 않았는데도 죄송해하지 않을 때라던가, 또
소품팀이 소품 준비를 제대로 못 해서 촬영이 지
연됐는데 미안해하지 않는다던지요. 심지어 배우
와 매니저가 혹은 스탭이 지각을 했는데도 당당하
게 걸어오는 경우도 있었어요. 이런 일은 사실 현
장에서 흔히 일어나요.

정말 화가 나는 건 이후의 태도예요. 실수는 누
구나 할 수 있잖아요. 그런데 잘못을 인정하지 않
거나 불성실한 태도를 보일 때, 그럴 때는 정말 참

기가 힘들어요.

맞아요. 현장의 분위기를 좌우하는 건 바로 그런 태도라고 생각해요. 항상 연출팀에게도 "우리 현장은 즐거워야 한다"고 자주 이야기해요. 그 즐거운 분위기를 유지하려면 모든 사람이 자기가 맡은 일을 제대로 해야 해요. 배우가 지각하거나 대사를 외우지 않고, 스태프가 촬영을 위한 것들을 제대로 준비해 놓지 않으면, 결국 자기 일을 안 한 거죠. 그런 날은 굳이 현장을 즐겁게 만들려고 하지 않아요. 즐거울 이유가 없으니까요.

하지만 잘못을 인정하고 "죄송합니다"라고 말하면 상황은 얼마든지 나아질 수 있다고 봐요. 잘못을 바로잡으려는 태도가 보이면 저도 다시 현장 분위기를 회복하려고 노력해요. 그런데 반대로 그런 태도조차 없다면 정말 화가 나요. 당연히 저도 실수하고 잘못해요. 그럴 땐 잘못했다고 말하고 아이스크림을 사기도 하니까요.(웃음)

그럼 혹시 "그만둘까?" 이런 생각한 적 있으신가요?

솔직히 '그만둘까?'라는 생각은 한 번도 안 했던 것 같아요. "오늘 도망가고 싶다"는 생각은 가끔 했죠. 하지만 이 일을 처음 시작했을 때 느꼈던 기쁨이 너무 컸어요. 그리고 이 직업, 정말 어렵게 얻은 기회라고 생각했기 때문에, 아무리 힘들어도 그만둔다고 생각한 적은 없었죠. 스스로 "해서는 안 되는 생각이다"라고 다짐했던 것 같아요.

드라마 피디 자체를 포기하고 싶다곤 한 번도 생각 안 하셨군요.

드라마 피디가 되고 나서 "그만둬야겠다"는 생각은 한 번도 안 했어요. 너무 힘들다고 느낀 적은 많았지만, 그래도 이건 해야만 하는 일이라고 생각했어요. 이 일이 재미있거든요. 정말 재미있는 일이에요.

피디로서, 어떤 점이 가장 재미있으세요?

음… 딱 하나를 꼽기는 어려운데, 현장에서 함께 호흡하고 무언가를 만들어가는 과정이 정말 재미있어요. 가끔 희열이 밀려올 때가 있어요. 예를 들어, 대본 대사가 너무 좋은데 배우가 그걸 찰떡같이 소화를 해요. 거기에 카메라 감독님이 그 신에 딱 맞는 완벽한 앵글을 잡아주죠. 그 모든 게 완벽하게 맞아 떨어져서, 모니터 화면에 배우가 숨결 하나까지 담아내는 완벽한 장면이 비치는 순간이 있어요. 그때는 표현할 수 없는 기분이 들어요.

그런 순간이 제가 이 일을 계속하는 이유인 것 같아요.

오, 정말 카타르시스 그 자체일 것 같아요.

맞아요. 카타르시스라는 표현이 딱 어울려요. 반대로, 모든 게 마음에 들지 않을 때는 "오늘, 도망가고 싶다"는 생각이 들기도 해요. 그런데 그 모든 실망감을 한순간에 날려버릴 만큼의 기쁨과 희열이 있거든요.

특히 편집실에서 완성된 버전을 확인했을 때, "역시 이거다" 싶으면 그 순간 느껴지는 만족감은 진짜 표현이 안 돼요. 그 희열 때문에 제가 이 일을 놓지 못하는 것 같아요.

글쎄요, 기억이 잘 안 나네요. 너무 힘들었던 순간들이 많아서요. 다 기억하고 있으면 일을 절대 못 할 것 같아요.

마음에 담아둬도 누군가를 미워하기보다는 자책하는 편이긴 해요. 일기를 자주 쓰는데, 일기에 그날 느낀 것들을 막 쏟아내요. 자기 변명도 하고, 자기 합리화도 하고, 죄책감도 전부 써요. 그렇게 털어놓고 나면 신기하게 한결 괜찮아지더라고요.

맞아요.

네, 아마 집에 펜이 몇백 자루는 있을 거예요, 정말로요. 조연출 시절에 스트레스를 받으면 교보문고에 가서 펜 사는 게 저만의 해소법이었어요.

펜, 문구, 스티커, 노트, 수첩 같은 문구류를 사는 게 저에겐 큰 위안이었어요. 어릴 땐 지방에 살았는데, 그곳엔 큰 서점이 많지 않았거든요. 그런데 SBS에 입사하니, 목동에 정말 큰 교보문고가 있었어요. 힘들면 거기 가서 예쁜 문구들을 보는 것만으로도 스트레스가 풀리더라고요. 그때부터 그런 습관이 시작된 것 같아요.

어릴 때는 펜 하나 사는 것도 어쩐지 쉽지 않잖아요? 학생이 용돈이 얼마나 된다고. 겨우 하이테크 펜 하나 사서 검은색 심이 부러지기라도 하면 너무 속상했죠. 그런데 입사하고 돈을 벌기 시작하니까 하이테크 펜도 색깔별로 살 수 있는 거예요. 그게 저만의 작은 행복이자 스트레스 해소법이었던 것 같아요.

요즘은 아이패드가 생기면서 예전처럼 펜이 자주 소진되지는 않아요. 그래서 집에 펜이 쌓여만

가고 있어요. 지금은 많이 사지는 않지만, 여전히
엄청 많이 가지고 있어요.(웃음)

흠, 피디님은 MBTI가 T일 것 같은데, 어떠세요?

제 MBTI를 T로 생각하는 분들이 많더라고요.
일할 때 그렇게 보이나 봐요. 사실 완전 F예요. 제
일기장만 봐도 티가 나요. T들은 일기장에 뭘 했
다고 많이 쓴다고 하던데, 제 일기에는 그런 내용
이 거의 없어요. 감정만 잔뜩 적혀 있거든요.

1년 전 일기, 드라마 〈사랑이라 말해요〉 시작하
기 전에 쓴 일기랑 〈춘화연애담〉 시작하기 전에
쓴 일기가 비슷해요. 불안함 같은 감정들이 잔뜩
적혀 있죠. 새로운 프로그램을 시작하기 전에 느
끼는 그 막연한 두려움이나 긴장감이 그대로 드러
나요. 그리고 끝날 때 쓴 일기들도 비슷해요. 드라
마 중간에 쓴 일기 역시 마찬가지예요.

정말 감정적으로 살아가는 사람이죠. 그런데
티를 안 내려고 해요.

쓰신 일기, 예전 것도 가끔 보시나 봐요.

가끔 봐요. 다시 보면 깨닫는 게 있어요. '힘든 일은 언제든지 있다.'

전에 일기를 다시 보면 "아, 이때도 이렇게 힘들었네. 결국 지나갔네" 이런 생각이 들어요.

일기는 매일 쓰시나요?

매일 쓰는 건 아니에요. 보통 정말 힘들거나, 아니면 너무 좋거나 그런 특별한 순간에 꼭 쓰는 편이에요. 아주 어릴 때부터 쓴 일기장이 남아 있더라고요. 심지어 초등학교 2학년 때였나? 그때 일기장까지 아빠가 모아두셨더라고요. 저는 그런 게 있는 줄도 몰랐어요. 대학교 때부터는 제가 직접 모았고요.

부모님과의 관계가 사랑으로 단단하게 묶여 있다는 느낌이 들어요.

그런 것 같아요. 가족은 저에게 정말 귀한 관계

예요. 소중한 존재죠.

그렇다고 제가 엄청 살갑거나 애정 표현을 자주 하는 스타일은 아니에요. 그런데 가끔 그런 생각이 들 때가 있잖아요. "여기서 그냥 끝내버려야 하나?" 하는 순간들, 정말 힘들 때요. 그런 순간에 엄마, 아빠 생각을 하면 버티게 돼요. 부모님은 저보다 훨씬 힘든 일들을 많이 겪으셨을 텐데 다 버티셨잖아요. 그런 걸 떠올리면서 스스로 다독일 때가 많아요. 생각만으로도, 의지가 많이 되는 거 같아요.

피디 지망생들, 혹은 피디라는 직업에 관심이 있는 분들에게 전하고 싶은 말이 있을까요?

정말 이 일은 너무 하고 싶고, 일에 재미를 느끼는 사람들이 해야 하는 일이에요. 왜냐하면 너무 힘들거든요. 힘든 일도 많고, 가는 길에 우여곡절도 많고, 넘어야 할 난관도 많아요.

만약 이 일이 본인에게 그렇게까지 간절하지 않은데, 그냥 한 번 재미로 시작했다면 정말 많은 걸 잃을 수도 있는 직업이에요. 저만 해도 20대

때 다른 걸 해본 기억이 거의 없어요. 일만 한 기억이 있어요.

그럼에도 불구하고, "내 인생, 이거면 괜찮다"라고 느낄 수 있는 사람들이 이 일을 해야 한다고 생각해요.

그렇다면 피디를 준비하는 사람들을 위한 실전 팁! 같은 게 있다면 알려주세요.

사실 평가하는 사람마다 기준이 다르겠지만, 가끔 "오직 튀어야 한다"는 생각으로 독특하게만 준비하는 친구들이 있거든요. 그런데 제 생각엔, '0점 아니면 100점'을 노리는 모험심보다 늘 70점을 목표로 하는 게 낫다고 봐요.

무난하게 가는 게 더 좋다, 이런 건가요?

무난이 좋다라기보다 기본에 충실해야 하죠. 오로지 튀는 걸 목표로 "나는 다른 사람과 완전히 다르다"는 걸 강조하려다 보면 실수할 가능성이 커요. 특히 어린 친구들이 자주 하는 실수죠. 하늘

아래 새로운, 모두가 좋다고 하는 답안을 내는 친구들도 분명히 있겠지만, 정말 그런 사람은 0.1%도 안 된다고 보거든요. 게다가 그 평가를 한 사람이 하는 것도 아니니까요. 평가하는 사람마다 기준이 다를 테니, 모든 평가자에게 70점 이상 받는 연습을 하는 훈련이 중요한 것 같아요.

너무 특이하게 하려고 애쓰기보다 안정적으로 이야기를 끌어가는 연습이 중요해요. 드라마는 16부작이든 10부작이든 끝까지 끌고 갈 수 있는 끈기와 안정감이 필요하니까요. 그런데 시작부터 "특이해야 해!" 하고 매몰되다 보면 오히려 잘못된 길로 빠질 때가 많아요. 제가 이것과 관련된 강의를 몇 번 하면서 느낀 건데, 꼭 이 얘기를 해주고 싶었어요. 튀는 것도 중요하지만, 기본적인 안정감과 구성력이 더 중요하다고요.

자기소개서 작성이나 피디 면접 때 특이하게 하려는 분이 많은가요?

그런 경향이 가끔 보여요. 물론 평범하게 써서 50점이 되면, 합격 확률은 높지 않죠. 그래서 무조건 눈에 띄는 답안을 써내려고 지나치게 자극적으로 쓰다 보면 오히려 백점이 아니라 빵점이 되는 경우가 많아요.

대게의 경우 이야기가 아니라 자극적인 소재에만 머물러 있는 경향이 있어요. 물론 자극적인 소재와 대중이 공감할 만한 주제의식을 가지면 더없이 좋습니다. 그런데 그게 아니라 '이런 건 아무도 안 썼을 거야'라는 생각에 매몰돼서 독특한 소재만 내세우는 게 부지기수예요.

드라마 피디는 대중성을 담보로 해야만 하는 일입니다. 특이하지만, 그 소재를 그렇게 풀어낸 이야기가 그동안 많이 없었다는건 그 소재가 대중적인 공감을 얻기 어렵기 때문은 아니었을까요. 사람들이 공감할 수 있는 이야기를 만들어야 하기 때문에, "얼마나 특이한가?"보다 "어떤 점에 공감할까?"를 고민하면서 준비하는 게 훨씬 중요해요. 그리고 모든 평가자에게 어떤 상황에서도 70점 이상을 받는 '기본에 충실한' 답안을 내는 건 결코 쉬운 일은 아니죠. 많은 훈련이 필요해요.

제 삶에서 95% 이상, 어쩌면 99%까지도 차지하는 것 같아요.

장점이자 단점이기도 해요. 남들은 데이트하러 영화관을 가지만, 저한테는 일하러 가는 거랑 비슷하거든요. 영화를 보면서도 "아무 생각 없이 보자" 하다가, 어떤 장면 하나가 딱 걸리면 "저걸 왜 저렇게 찍었지?" 아니면 "저건 어떻게 찍었을까?" 같은 생각이 자연스럽게 떠올라요. 드라마도 마찬가지고요.

책 읽을 때도 재미로 읽는 게 아니라 "원작 팔렸나?" 같은 생각을 해요. 심지어 여행을 가더라도 "여기서 촬영하면 좋겠다" 같은 아이디어가 떠오르곤 해요. 모든 게 일이랑 연결되는 것 같아요.

저희 남편이 자주 하는 말이 "사는 게 다 그렇게 드라마 같지 않아"라는 거예요.(웃음)

드라마를 만드는 사람으로서 그런 말을 들으면 기분이 어떤지 궁금하네요.

저는 드라마가 곧 우리가 사는 그 자체라고 생각해요. 모든 삶이 이야기가 될 수 있다고 믿거든요. 그래서 남편 말을 자주 반박해요. "드라마가 뭔데? 이게 드라마야."(웃음)

사실 모든 이야기가 드라마가 될 수 있다고 생각해요. 아무것도 아닌 사람도 주인공이 될 수 있는 이야기, 그게 드라마의 매력이라고 생각해요. 어떻게 이야기를 풀어나가느냐에 따라 누구도, 심지어 그냥 지나가는 사람도 주인공이 될 수 있는 게 드라마죠. 그래서 항상 일상 속에서 이야기를 찾아보고 싶어요.

아까 이야기했던 커피 광고가 버스 안의 저를 엑스트라에서 주인공으로 만들어준 느낌이었거든요. 그 광고를 본 후, 버스를 탈 때마다 심장이 두근두근해졌으니깐요.

그래서 사는 게 곧 드라마라고 생각해요.

피디님만의 인생 모토가 있으신가요?

한때는 있었던 것 같은데, 그런 생각을 해본 지 오래된 것 같아요. 요즘 들어 제일 많이 하는 생각은, 예전에 라디오에서 들었던 말이에요. "인간이 늙는 건 자연의 순리지만, 낡는 건 나의 책임이다" 라는 말이 자꾸 떠올라요.

스스로 낡아가는 것 같다는 생각이 들 때가 가끔 있거든요. 무언가 배우는 걸 귀찮아하고, 새로운 것에 도전하는 걸 게을리하는 제 모습을 볼 때 그런 생각이 들어요. 요즘은 이 문장이 제 삶에서 가장 자주 하는 생각이자, 어쩌면 모토 같은 역할을 하고 있어요.

정말 좋은 말이네요.

이 말을 처음 들었던 게 20대 때였는데, 라디오에서 듣자마자 다이어리에 적었던 기억이 있어요.

그렇다면 피디, 아니면 그냥 인생 선배로서든 인생의 롤모델이 있으신가요?

롤 모델이요? 피디가 아니어도 되나요?

그럼요, 피디가 아니어도 괜찮아요. 인생에서 나침반으로 삼고 있는 사람이 누군지 궁금해서요.

좀 뻔한 이야기 같지만, 저는 부모님의 좋은 점을 닮으려고 애쓰면서 살고 있는 것 같아요.

기본적으로 저희 아버지는 낭만이 있으신 분이에요. 세상을 보는 따뜻한 눈이랄까요.

중학교 입학했을 때, 학교 가는 길에 남자고등학교 앞을 지나쳐야 했거든요. 그때 엄마가 '오빠들이 말 걸어도 대답하지 말고 곧장 학교로 가라'면서 저를 학교로 보냈어요. 흉흉한 세상이니까, 조심하라는 의미였겠죠. 그런데 그날 엄마가 아버지에게 꾸중을 들었대요. '좋은 것만 보고 좋은 세상만 느끼면서 학교 가는 길이 재밌어야 할 애한테 왜 무서움과 두려움을 먼저 심어주냐'는 거였죠. 그런 낭만이 있는 분이세요(웃음). 제가 만드는 이야기에도 그런 낭만이 깃들길 바라며 늘 최선을 다하고 있어요.

저희 어머니는 굉장히 강한 분이세요. 힘든 상황을 피하면서 불평 불만만 내뱉는건 아무 도움이 되지 않는다고 생각하시거든요. 깨지더라도 부딪히고, 결국 훌훌 털어내고 끝내 웃는 분입니다. 그러다 보니 주변에 사람이 늘 많으세요. 저희 집이 굉장히 힘들었을 때도, 단 한 번도 저희 남매한테 불평불만을 하신 적이 없어요. 뒤에서는 우셨어도 저희 앞에서는 항상 밝은 모습만 보여주시고 좋아질 거라는 얘기를 많이 해주셨어요. 뒤에서는 울고 계셨던 걸 저희도 모르지 않았는데 말이죠.

그런 점을 닮으려고 노력하면서 살고 있는 것 같아요.

어머니의 긍정 마인드를 많이 닮으신 것 같아요.

닮으려고 노력하고 있어요. 엄마는 리더십도 뛰어나고, 굉장히 밝은 분이세요. 주변 사람들에게 긍정적인 에너지를 주는 분이죠. 그런 엄마의 모습을 정말 닮고 싶었어요.

현장에서 피디님을 두 번 봤지만, 전해 주시는 에너지가 정말 밝았어요. 피디님이 등장하면 후광이 나는 것 같더라고요.

(웃음)그렇게 느끼셨다니… 정말 감사해요. 아마도 부모님 영향 때문이겠죠. 저도 주변 사람들에게 좋은 에너지를 주고 싶어요.

언제까지 이 일을 하고 싶으세요?

할 수 있는 데까지 계속하고 싶어요. 그런데 사실 정확히 언제까지라고 말하기는 어려워요. 나이가 들면서 체력적으로 힘들어지기도 하고, 또 요즘 미디어 환경이 너무 빠르게 변하고 있잖아요. 그래도 할 수 있을 때까지, 해보고 싶어요.

일 욕심이 많으신가요?

뭘 안 하면 약간 우울해지는 성격이에요. 그리고 이만큼 재미있는 일이 저한테는 없어요.

앞으로 피디님이 만들고 싶은 장르나 이야기가 있다면 어떤 게 있을까요?

다 해보고 싶어요. 사실 몇 작품을 하다 보니 이

제는 "내가 잘하는 게 뭘까?"라는 생각을 하게 되더라고요. 기본적으로 서정적인 이야기, 사람 냄새 나는 이야기를 좋아하는 것 같아요. 그래서 앞으로도 어떤 장르든 간에 그런 이야기를 만들게 되지 않을까 싶어요. 제 색깔이라고 한다면, 아마 그런 점이 아닐까 싶습니다. 아주 건방진 얘기일 수도 있지만요.(웃음)

아니요, 전혀요!

감사해요. 장르를 가리진 않아요. 어떤 장르가 됐든 간에 그 안에 제가 담고 싶은 색깔, 저만의 이야기를 담고 싶다는 마음은 항상 있어요.

피디님만의 색깔이란 뭘까요?

사실 아직 정확히는 잘 모르겠어요. 다만, 제 작업에서는 장르적인 특성이나 커트에만 치우치지 않고, 그 사람의 정서를 따라가는 이야기를 하고 싶어요. 사람 냄새를 놓치지 않는 것, 지금도 노력하는 부분이에요. 제가 추구하는 색깔이 그런 방향으로 보였으면 좋겠어요.

피디가 되려면, 이런 건 꼭 해보는 게 도움이 된다, 그런
게 있을까요?

무엇이든 가리지 않고 이것저것 해보는 게 중
요한 것 같아요. '에이, 이런 것도 도움이 되겠어?'
하는 것도 생각보다 도움이 될지도 모릅니다. 경
험할 시간이 부족하다면, 책을 많이 읽으시면 좋
겠어요. 어쨌든 책만큼 경험치나 공감력을 쌓아주
는 것도 없는 것 같아요.

이 드라마는 정말 최고였다, 독자들에게 추천해 줄 드라
마도 궁금합니다.

최근에 본 작품 중에, 〈퀸스갬빗〉을 정말 재미
있게 봤어요. 인물의 감정선을 따라가는 방식이
나, 배우의 감정을 하나의 장면 안에 표현해 내는
기술이 정말 최고로 느껴졌거든요. 작품 속 미술
도 너무 좋아서 아직도 기억이 날 정도예요. 무조
건 이 드라마는 보셨으면 좋겠어요. 꼭이요.

"제 주변에

좋은 에너지를 주는

사람이 되고 싶어요."

조용득

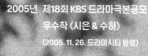

집필작

2005년	제18회 KBS 드라마극본공모 우수작 〈시은 & 수하〉 (2005. 11. 26. 드라마시티 방영)
2007년	제16회 MBC 극본공모 장려상 〈絶愛 절애 切愛〉
2012년	대한민국 스토리공모대전 우수상 〈폭풍〉
2015년	광주정보문화산업진흥원 기획개발 지원 〈위대한 형제단〉
2018년	한국시나리오작가협회 창작지원 선정 〈달콤한 살인자〉
2018년	스토리움 4월 추천작 〈야수들의 밤〉
2019년	스토리움 1월 추천작 〈경계인〉
2019년	스토리움 9월 추천작 〈미세스 신데렐라〉
2020년	스토리움 3월 추천작 〈도깨비 형제단〉
2021년	스토리움 1월 추천작 〈미안합니다, 귀신이라서〉
2021년	스토리움 12월 추천작 〈사랑〉

"스스로를 글 노동자라고 생각해요."

드라마 작가의 하루

"하루 여덟 시간의 노동 시간을 지킨다."

글쓰기 작업의 기준입니다. 주중 미팅이나 개인 용무 때문에 그 시간을 지키지 못하면 주말이나 휴일에 그 시간을 꼭 채웁니다. 집필 작업은 영감이 떠오를 때를 기다리기보다 영감을 끌어내는 것입니다. 대본이나 시나리오 마감이 3~4일 정도로 짧으니 어쩔 수 없기도 해요. 보통은 집에서 작업하고 가끔 카페를 갑니다.

아침 6시~7시, 머리를 깨웁니다.

제일 먼저 하는 건 머리맡의 노트북을 켜고 가볍게 아침 뉴스를 확인하죠. 스마트폰으로 페이스북, 인스타, 쓰레드를 보며 사람들의 일상과 뉴스 등을 살핍니다.

아침 7~8시, 작업 중인 파일을 열고 글을 쓰거나 떠오른 새 아이템을 끄적여 봅니다.

'말 걸기'라고 이름 붙인 작업인데 이를 통해 글이 써지면

(대본에 대한 말 걸기가 성공하면) 배고플 때까지(11시~ 1시) 글을 씁니다. 배고프면 글이 안 써지니까요. 지난밤부터 아침까지 떠오른 생각을 정리하거나 아이디어로 대본을 수정하게 되면 행복한 시작입니다.

하지만 매번 말 걸기가 성공할 수는 없습니다. 그럴 때는 산책을 갑니다. 예전에는 시나리오나 대본을 들고 나갔는데 지금은 스마트폰에 글을 쓰다가 막힌 신을 메모에 복사해 놓고 나가서도 계속 구상합니다. '말 걸기 2'입니다. 이때는 구상하느라 아는 사람 얼굴도 못 알아보고 지나칠 정도로 눈동자가 멍하기 때문에 꼭 선글라스를 써야 합니다.

한 시간에서 두 시간 정도 산책 뒤, 다시 글 노동을 합니다.
글이 막히면 유튜브 쇼츠나 인스타 릴스를 보기도 하고 그래도 안 되면 넷플릭스나 쿠팡에서 그동안 못 본 드라마나 영화를 봅니다. 드라마와 영화를 보다가 구멍이 뚫리면 다시 집필을 시작합니다.

저녁 8시, 하루의 글쓰기 노동이 끝납니다.
작업이 일단락이 되면 개인 용무를 보거나 지인들과 술 한 잔합니다. 혹은 완성된 대본에 대한 리뷰를 받기도 합니다. 술자리는 작업의 연장선이 되기도 합니다. 드라마는 특히

대사가 중요하기 때문에 주변 사람들의 이야기를 듣거나 대
화를 합니다. 신작 드라마나 영화가 개봉하면 보고 주변 반
응을 보거나 직접 질문합니다.

대본 회의가 있는 날은, 보통 네 시간에서 여섯 시간 정도
아이디어 회의를 하기도 합니다.
대표님, 기획실 직원들과 함께 회의를 합니다. 완성된 대본
을 보고 수정을 위한 아이디어 회의도 하죠. 최종 수정 때는
하루 정도 마감 시간을 가지고 집중적으로 수정합니다.
대본 회의가 끝나면 반드시 술을 마십니다.

#글이 도달한 목적지에 대하여

수없이 많은 이름 모를 꽃들, 그들은 저마다 피어나는 시기가 다르다고 한다. 어떤 꽃은 이른 봄, 찬바람이 남아 있는 계절에 수줍게 피어나고, 어떤 꽃은 한여름 태양 아래에서 화려하게 만개한다.

어떤 꽃은 가을 바람을 타고 은은한 향기를 퍼뜨리고, 어떤 꽃은 겨울에도 꿋꿋이 피어나 눈 속에서 빛을 발한다. 그리고 여기, 자신의 계절이 오기를 묵묵히 기다리는 한 사람이 있다. 아직은 차가운 바람을 견디며, 언젠가 올 따뜻한 순간을 꿈꾸는 사람. 마치 나처럼, 피어날 순간을 기다리는 사람. 그래도 아무런 불만도 없이 매일 자신의 루틴을 지키는 사람.

사실, 책의 인터뷰이들을 선정할 때 가장 먼저 떠오른 사람이 있었다. 10년 전인가. 서울에 출장 온 형부를 만나러 충무로에 갔던 밤, 형부 옆에 있던 까만 선글라스의 남자. 다시 말해 두지만 밤이었다. 당시에, 독특한 사람이라고만 생각했지 굳이 이유를 물어보지 않았다. 왜 밤에도 선글라스를 쓰고 있는지. 무엇을 감추고 싶은 건지, 혹은 무엇을 보고 싶은 건지.

그리고 10년이 지나 마주한 그는, 여전히 변함이 없다.

낮에도, 밤에도 언제나 선글라스를 낀 채, 세상을 바라본다. 그 검은 렌즈 너머로 어떤 눈빛을 하고 있는지, 어떤 이야기가 흐르고 있는지, 나는 여전히 알지 못한다. 그는 그 이야기를 꺼내고 싶지 않은 걸까, 어디서부터 물어야 그 이야기를 들을 수 있을까.

*

그는 세상의 온갖 이야기를 글로 빚어낸다.

누군가는 쉽게 지나칠 법한 순간을 붙잡아, 시간이 지나도 변하지 않는 감정의 결을 만들어 낸다. 자신만이 보고 들은 감정들을 미세하게 조각해 글로 써낸다.

그가 바라본 세상은 어떤 모습일까. 그의 글이 향하는 곳은 어디일까. 목적지에 도착한 글은 세상에 어떤 반응을 일으킬까. 그의 글은 훗날 어떤 이미지로 완성될까.

인터뷰에서, 그 질문들의 답을 찾아보려 한다.

먼저, 간단하게 자기소개 부탁드려요.

2005년 KBS 드라마 극본 공모 당선을 시작으로 드라마 작가를 시작한 조용득 작가라고 합니다. 비공식적으로 공모전 이후 최장기 동안 입봉을 못 한 작가입니다.(웃음)

(웃음)그렇군요. 2005년부터 작가로 활동을 하신 거네요.

전 작가 지망이 아니라 영화사 기획실 출신이 에요. 그러다가 작가 쪽으로 넘어왔어요. 다른 분 들에 비하면 지망생 기간은 짧았어요. 채 2년이 안 된 짧은…. 공모전 당선이 돼서 드라마 작가로 먹고살고 있어요.

수상하신 지 몇 년 된 거죠? 18년? 곧 20년 차가 되시는 거네요.

그래서 싫어요.(웃음)

공모전에 당선이 됐던 작품은 어떤 이야기인지 궁금해요.

〈시은 & 수하〉라는 작품이에요. 시은, 수하, 등장 인물 이름이 바로 제목이 되었죠.

10대 자매의 얘기예요. 생애 단 한 번만이라도 생리를 하고 싶은 시은과 매달 생리통에 시달리는 수하. 둘이 자매인데, 주인 잃은 핸드폰을 주우면서 벌어지는 스토리예요. 첫사랑 얘기이면서 가족 드라마죠.

오, 이 이야기를 구상하게 된 바탕에… 여자 형제가 있으신 걸까요?

그럼요. 어머니와 두 여동생들에게 소재가 될 이야기를 많이 들었어요. 예전에 사귀었던 여자친구까지. 생리통에 관한 이야기를, 다른 남자들보다 잘 아는 상황이긴 했어요.

공모전의 경우, 순위를 매기기도 하나요?

순위가 있다면 있겠죠. 2005년도에 KBS에서 우수상을 받았고, 그다음 2007년도에 MBC에서 장려상을 받았죠.

두 번이나 상을 받으셨네요.

보통은 시나리오 작가 교육원이나 아니면 드라마 작가 교육원이든 교육원 출신들이 당선이 많이 되는 편이에요. 저는 학원을 다닌 적이 없고 기획실 출신으로 시나리오를 읽으며 글을 쓰다가 당선이 되었어요. 그래서 협회 출신들이 저를 보고 근본 없는 작가라고 해요. 왜냐하면 특히나 드라마나 공모전이 열리면 KBS는 다섯 명을 뽑는데 한 명 빼고는 전부 작가 협회 출신들이세요. 어쨌거나 2년 동안 아주 치열하게 교육을 받은 사람들이니까요.

전부 그런 타입이라 제가 당선됐을 땐, KBS도 그렇고 MBC도, 이방인 같은 존재였어요, 이방인. 남성 작가가 거의 없으니까 더 그런 것 같아요.

당시에는 더 그랬겠어요.

지금도 마찬가지예요. 당선자 중에 남자는 한 명 정도 있어요. 아니면 아예 없는. 드라마 쪽에서는, 영화는 그나마 덜하지만 드라마 업계에서 작가라고 하면, 여성 작가를 보통 얘기하는 거예요. 남성 작가는 카테고리가 따로 있어요.

드라마 감독이라고 하면 당연히 남자를 생각하고, 작가는 여자를 생각하는…, 직업적 편견이 있잖아요. 그걸 깨셨으니까 섭외를 하고 싶었어요. 상 받았을 때 주목을 받았겠어요.

안타까운 건 드라마, 특히나 이쪽에서는 남자라는 이유로 멜로와 로맨스 장르를 제게 주질 않더라고요. 처음 당선된 이야기도 소녀들의 생리 얘기고, MBC에서 당선된 것도 사극 멜로였는데 말이에요. 기본적으로 남성 작가의 글에 편견이 있는 것 같아요. 그래서 여러 가지 안타까운 일들이 생기더라고요.

근데 우연이었을까요? 공모전에 지원하신 거요.

그렇죠. 지금 한다면 응모 자체를 안 했을 것 같아요. 그땐 경쟁률을 자세히 몰랐어요. 몇 백 명 정도 하겠지 생각했어요. 그리고 결과가 빨리 나오는 공모전이라 지원한 이유도 있었어요.

글쓰기는 취미로 하셨던 건가요?

그런 건 아니었어요. 완전히 생계형 작가였어요. 장남이었고 생계를 책임져야 되기 때문에 필사적으로 글을 쓴 거죠.

글을 체계적으로 배우셨나요?

사실, 글쓰기를 제대로 배운 적이 없어요. 대신 영화사 기획실에서 회사로 들어온, 500편 정도의 시나리오를 10년 동안 쭉, 읽는 일을 했어요. 그게 도움이 됐던 것 같아요.

그런 건 없어요. 모두가 한 번 지원해 보고 싶어 하잖아요. 영화도 그렇고 드라마도 그렇고 보다가 '내가 써도 그것보다 잘 쓰겠다' 그런 무모함이 있었어요. 회사에서 시나리오를 읽다 보니까, 냉정하게 보면 한 80% 정도는 습작 작품이거든요. 그걸 보면서 '더 잘 쓸 수 있을 것 같은데' 그런 무모한 마음으로 시작했어요.

생계형 작가라서 동기가 됐던 것 같아요.

1년 넘게 스스로에게 투자를 해야 해요. 알바를 하면서. 글을 쓰면서 편의점 알바를 했어요. 그땐 수염도 없었고 선글라스는 쓰지 않았고 착한 얼굴이었어요. 편의점이 좋았던 게 시간을 조절할 수 있어요. 사장님과 얘기를 했죠.

내년 공모전 준비를 해야 하잖아요. 공모전이 한두 달 정도 이후라고 하면 그때는 시간을 줄여서 열심히 글을 썼어요.

요즘 진행하고 계신 작품에 대해 여쭤봐도 될까요?

두 개를 동시에 진행하고 있어요. 하나는 한국전쟁 관련된 얘기고, 다른 하나는 SF 로맨스.

전부 드라마인가요?

예. 2005년도 당선됐을 때는 영화랑 드라마 작업을 병행했었어요. 2007년도에 또 당선된 다음엔 영화는 안 하고 있어요. 후배나 친구들한테 난 드라마로 가겠다고 말을 했죠.

이유가 있을까요?

영화는 최종적으론, 연출을 해야 돼요. 시나리오 작가는 더 이상 메인 스태프가 아니에요. 50명의 스태프 중 하나죠. 그래서 계속 대체되는 사람이 될 수 있어요. 마음에 안 들면 그만두게 만들고 다른 작가 붙이고 이런 시스템이니까요.

드라마는 어쨌거나 캐스팅도 작가 이름을 보고 하고, 투자도 작가 이름을 보고 받아요. 편성도 작가 이름을 보고 해요. 그렇게 되는 시스템이니 작가의 힘이 클 수밖에 없죠.

그렇군요. 요즘 작업하는 SF랑 한국전쟁 드라마. 너무 다른 소재잖아요. 두 이야기 사이에서 왔다 갔다 하기도 힘드실 것 같아요.

어렸을 때부터 영화광이었어요. 영화관 다니면서 각종 영화를 봤어요. 그러다가 어느 날 깨달았죠. 공포든 SF든 액션이든 느와르든 멜로든 제가 쓰는 글은 자의든 타의든 자기의 본래 모습과 다른 모습으로 살아갈 수밖에 없는 사람의 이야기, 이게 제가 하고 싶은 이야기라는 거예요. 결국 그 때문에 계속 장르를 변주하는 것 같아요.

자의든 타의든 원래 모습과 다른 모습으로 살아갈 수밖에 없는 사람, 인간. 일종의 배트맨이죠. 돌아보니까 제가 두 가지 얼굴을 가지고 있더라고요. 장남의 얼굴 하나, 그다음에는 재벌집 막내아들의 얼굴이 있는 거죠.

왜 글을 쓰게 됐을까, 따라가다 보면, 그런 생각이 들어요. 어떤 그릇이 있다면 제 안에 어떤 슬픔이 먼지처럼 쌓이다가 쌓이고 쌓여서 어느 날 튀어나온 거죠. 밖으로 넘쳐 흐르게 된 거예요.

그때 선택은 둘 중 하나였던 것 같아요. 나를 파괴하든가 세상을 파괴하든가 아니면 글을 쓰든가.

글을 쓰는 게 내 안의 또 다른 나를 발현하는 작업이니까요.

맞아요. 글을 쓰면서 치유를 받기도 해요. 처음 썼던 시나리오는 조선시대 뱀파이어 얘기였어요. 나중에 죽은 사람 숫자를 보니까 2천 명 가까이 되더라고요. 내가 스트레스가 많았나, 싶었어요. 마을 사람들 다 죽이고, 마을 사람들 구하려고 왔던 군인들도 다 죽였더라고요. 지금은 그렇게 많이 안 죽입니다.

(웃음)우선 돈이 많이 들어요. 영화에서 사람을 많이 죽이면 돈이 많이 들거든요.

전 아침형 작가예요. 6시, 늦어도 7시, 사이에 일어나요. 씻고 노트북을 먼저 켜요. 바로 키보드에 손을 올려놓고 잘 써지면 배고플 때까지 써요. 리듬이나 감이 끊어지면 안 되니까. 쓰다가 막히면 오늘은 아닌 것 같은데 싶을 때도 있어요. 그럼 청소를 하든가 산책을 하든가 하고 다시 와요. 웬만하면 12시 안에 글 쓰는 걸 마치려고 해요.

스스로를 작가라고 여기기보다 글 노동자라고 생각해요. 처음부터 다짐했던 게 여덟 시간은 쓰자. 법정 노동시간을 지키자. 그런 주의였어요.

그래서 사람들이 오해를 해요. 맨날 왔다 갔다 하고 혼자 헤헤거리고 글은 언제 쓰냐고. 술도 좋아하는데 말이죠. 그래서 술 마시면서 틈틈이 글을 쓰는 게 아니라 글 쓰는 틈틈이 술을 마시는 것뿐이다, 라고 말해요.

매번 그렇지 않지만 그럴 때도 있죠. 술을 마시

고 쓰다 보면 예쁜 글을 쓰게 되는 경우가 있어요. 딱 봐도 그런 거 있잖아요. 역사 속 대장금 이야기를 보면 대장금이 중종과 단경왕후의 사랑 얘기를 다룬 거였거든요. 그러니까 단경왕후 심 씨가 왕비가 된 지 일주일 만에 폐비가 돼요. 그래서 36년 동안 단 한 번도 만나지 못했지만 그럼에도 불구하고 사랑했다면 하는 상상으로, 이어진 내용이었거든요. 실제 역사에서도 중동이 먼저 죽어요. 중종이 마지막 유언을 남기는데 그걸 나라면 어떻게 쓸까 계속 고민했어요.

모임이 있어서 밤새 술을 마셨어요. 그런 날은 또 이상하게 안 취하잖아요. 거기서 첫 차를 타고 왔어요. 새벽 첫 차를. 첫 차를 타고 와서 잤는데 일어나니까 세 시간 정도밖에 안 지났더라고요.

술을 많이 먹고 나서 깨어났을 때 슬픔이 밀려오잖아요. 밤새 마시고 이게 뭔 짓인지… 싶고요.

스스로가 한심하게 느껴지죠.

맞아요, 그런데 헤어진 여자친구 생각이 나면서 한 문장이 떠올랐어요. '먼저 가게 되었다. 미안하다.' 죽는 사람이 남은 상대를 떠올리면 미안하잖아요.

안 풀리던 문장이 풀리더라고요. 술 마시면서 그런 걸 바랄 때가 있죠.

마음 한구석에 계속 글감을 놓고 생활하고 있네요.

그렇게 하지 않으면 문장이 안 떠올라요.

근데 잘못 마시면 맥이 끊겨요. 오히려 술을 많이 마시고 싶을 땐 탈고하고 마시죠. 탈고했으니까 이야기는 끝이잖아요. 그때 술을 많이 마셔요.

다른 힘을 빌릴 때도 있으세요? 예를 들면 수첩을 항상 갖고 다닌다든지? 기록하려고?

예전에는 그랬지만 지금은 아이폰에 적어요. 글이 막히면 억지로 쓰면 안 된다고 생각을 해요. 그때 산책해요. 한 시간에서 두 시간 정도?

산책을 하면 정리가 잘 되죠. 머릿속으로 계속 복기를 하니까 막힌 부분들을 떠올리고, 앞뒤 감정선 복기, 복기하고 오면 메모도 해요. 그래서 산책을 하고 와요. 그래도 안 풀리면 다른 글을 써요.

다른 소재의 글을 쓰는 건가요? 그래서 두 작품을 함께할
수 있는 걸까요?

다른 소재를 쓰게 되면 그 글을 쓰면서 막힌 곳
이 풀려요. 그래서 시놉시스로 써놓고서 나중에
써놨던 것들 중 하나를 툭툭툭, 파일을 열어서 보
다가 영감이 올 때가 있어요. 그때 다시 발전을 시
켜요. 그렇게 계속 작업을 이어가는 거죠.

지금 프리랜서 작가시잖아요. 수입이 일정하지 않은데,
그게 제일 힘든 부분이 아닐까 싶어요.

결국은 많이 쓰는 수밖에 없어요. 많이 써야 해
요. 루틴 중에 그런 게 있어요. 아이템 몇 개를 늘
가지고 있어요. 주변 사람들에게 "이런 아이템 어
때?" 하고 물어보고, 재밌다고 그러면 그 아이템
들 추려서 나중에 제작사 대표님이나 피디나 이런
분들 만나면 툭툭 얘기를 해요.
지금 만약 피디님을 만났다고 해보죠. "이런 얘

기가 있는데 한번 들어보실래요?" 그러고 피칭을
해요. 관심을 보일 때도 있고, 관심이 없을 때도 있
잖아요. 관심을 보인 건 나중에 반응이 와요. 그러
면 살짝 더 얘기를 하죠. 대본이 있다, 읽어 보시겠
느냐?

관심 없는 건 줘도 소용이 없으니까요. 그분은 그
분대로 솔깃했으니까 읽어보고 싶은 거죠. 읽어보
고 마음에 들면 계약하자고, 제안이 오기도 하고요.

대부분의 계약이 그렇게 성사되나요?

지금 진행하는 작품들은 대부분 그렇게 계약을
했어요. 기본적으로 제가 했던 아이템들. 한국전
쟁 얘기는 10년 전에 써둔 시나리오를 드라마로
만들자고 해서 시작한 거거든요.

OTT 플랫폼이 많으니까 작품을 만들 기회가 더 넓어질
것 같아요.

그런 것도 있지만 OTT도 결국은 하던 사람이 계
속하게 되는 구조예요. 더 심해진 것도 있어요. 제

작 플랫폼이 넓어진 반면에, 영화 쪽 분들도 이쪽으로 와서 작업을 하고 그래요. 왜냐하면 짧게는 5부작, 6부작도 있으니까요.

제가 요즘 종종 얘기하는 건데 업계에 겨울이 온 것 같아요.

활발하게 제작되는 줄 알았는데 상황이 좋지 않은가요?

작년에 210편 제작됐다고 하면 미니 시리즈가 올해는 90편이 좀 넘어요. 그 정도로 확 줄었어요.

시장이 안 좋으면 어떻게 해야 하죠?

어쩔 수 없죠. 견뎌야죠. 시장이 넓어지면 좋기도 하지만 반대 급부도 있죠. 현장에서 느끼는 건 운 같은 거? 무엇보다 중요한 건 운 같아요.

중요하죠. 불안정하잖아요. 주변에서 가족들이 만류를 한다던지 반대한다던지 이런 것도 있지 않나요?

그럼요. 당연히 싫어했죠. 저희 식구들은 작가

를, 다 싫어했어요.

작가 생활을 10년 했는데도 어머니가 돌아가시기 전에 저에게 물어보셨어요. "일 안 하니?" 그 때 당황해서 그랬어요. "일을 안 하면 어머님께 생활비를 어떻게 드렸겠어요?" 그랬더니 어머니가 그러시더라고요. "그러게 말이다."

나인투파이브도 아니고, 양복을 입고 출근하지 않으니까 그렇게 보일 것 같아요. 일을 한다는 걸 잊으시는 거죠. 저는 저대로 불안정한 부분이 있으니까. 제작 회사랑 계약해서 하는 오더도 하고 그다음에는 공모전에도 계속 시도를 했어요. 왜냐면… 당선이 되면 상금이 나오니까요. 아니면 공모전에서 심사위원으로 있던 분이 작품을 사겠다고 하는 경우도 있고요. 당선이 안 되어도 눈에 띄면요. 그런 식으로 하는 거죠.

이 일을 하신 지 오래 됐잖아요. 그동안 작가님을 응원해 준 사람들 이야기도 궁금해요.

응원해 주는 사람들이 있죠. 같이 작업했던 사람들? 대본 리뷰를 일반인들에게 맡기기도 해요.

제 작품 리뷰했던 사람들? 그런 사람들은 제 글을 좋아하는 분들이죠. 그분들은 항상 "언제 드라마 나오는 거야?"라고 물어보세요. 대본이 영상으로 만들어진 걸 보고 싶다고요. 아니면 제가 멜로를 기획하고 있는데 예전에 썼던 사극 멜로 때문에 동료들은 이런 얘기를 하죠. "쓸데없는 짓 말고 멜로 써, 멜로." 그게 써져야 써지는 건데 말이에요.

그런 분들이 큰 원동력이 될까요?

사소한 게 힘이 되는 거잖아요. 하다 보니 여기까지 왔죠. 항상 얘기했던 게, 그냥 쓸모 있는 사람이 됐으면 좋겠다, 그런 마음이었어요.

쓸모 있는 사람이 되면 좋겠다?

제작사에서 제 글을 보고 "대본 쓸 만한데? 영상으로 해볼 만한데?" 한다거나…. 예전에 귀신 로맨스를 쓴 적이 있었어요. 그 대본을 리뷰한 친구가 딱 한마디 하더라고요.

"요새 애인이랑 헤어지고 너무 힘들었는데 오

래간만에 웃으면서 볼 수 있었다. 웃겨서."

그런 말 들으면 기분이 너무 좋지요.

진짜 기분 좋았겠어요!

작은 한마디를 들으면서 계속, 원동력을 얻는
거죠.

그런 순간들이 작가로 활동하면서 느낀 최고의 순간일까요?

최고의 순간까지는 아니지만, 그래도 작가하길
잘했다는 생각이 들어요. 며칠 전에 아는 친구들
만나서 우스갯소리로 그랬어요.

"내가 직장인이었으면 너희들이 지금 나를 만
나겠니?"

작가가 아니면 그분들이 안 만나줄까요?

어딜 봐도 아저씨잖아요. 안타까운 얘기지만
제 동창들 만나면 다 직장인이거든요. 우스갯소리
로 "어우, 꼰대…."

드라마를 통해 꼭 전하고 싶은 메시지가 있다면요?

드라마는 딱 하나 같아요. 살아볼 만하다.

인생 살아볼 만하다?

그런 일이 있었어요. 2007년도 겨울, MBC에 대본 당선된 다음이었나 봐요. 그때 여의도에서 일을 하고 있었어요. 작가실이 있었죠. 일이 많아서 작업실로 1월 2일부터 출근을 했어요. 출근해서, 산책을 하는데 한강 둔치에, 앰뷸런스가 있어요. 하얗게 덮여 있고 꽃이 있어요. 처음엔 몰랐는데 순간 깨달았어요. 자살 사건이었죠. 1월 2일 아침에. 그때 친한 대표님들한테 그랬어요. 내가 써야 될 소재, 하나를 찾은 것 같다고요. 그냥 살아볼 만하다는걸.

비극을 쓰든 희극을 쓰든 그냥 살아볼 만하네. 그래서 깊은 얘기는 못 쓰나 봐요.

깊고 무거운 이야기보다 로맨스나 SF처럼, 가볍게 즐길 여러 가지를 쓰긴 하는데 그런 건 있어요. 만약 한국전쟁이라고 하면 굳이 〈태극기 휘날리며〉처럼 심각하게 그릴 필요가 있나? 판타지가 섞일 수도 있잖아요. 아까 얘기했던 것처럼 조선시대 뱀파이어가 나온 얘기처럼. 역사적인 팩트가 있고 판타지가 섞여서 픽션 무비식으로 만들고 싶어요.

매일 그래요. 매일. 결국 계속 사람과 부딪히는 일이잖아요. 배우하고도 비슷하다고 생각이 들어요. 배우들은 외출이라고 표현하잖아요. 불러줘야 나올 수 있는 거니까요. 작가도 마찬가지예요. 작가의 대본도 결국은 얼마나 힘들게 썼던, 어떤 사연이 있건⋯ 중요한 건 누군가에게 선택이 돼야만 하는 거죠.

그렇죠. 선택받아야 하는 직업이니까요.

우선 선택을 받아야 하고요. 계속 선택의 과정
이잖아요. 어떤 피디가 내 대본을 좋았다고 해도
대표가 컨펌해야 하고, 기획실도 통과해야 되고,
배우를 만나야 하고요. 다 오케이 됐어도 나중에
OTT나 방송국에 가서 또 통과돼야 되고… 그런
과정을 거치면서 수많은 시선들이 들어오니까 미
치는 거죠, 이제.

한 군데라도 통과가 안 되면 상처를 받을 것 같아요.

그 부분이 가장 크죠. 그 과정 속에서 깨달은 건
내가 전생에 나라를 망하게 했구나. 혹은 나라를
팔아먹었거나… 그런 생각을 하기도 했어요.

(박장대소)그 대가로 선택을 받아야 하는 직업을 타고 났구
나, 생각하시는군요!

사실, 내 의지로 할 수 있는 일이 거의 없어요.
작가를 하기 전에는 어쨌든 장남이라는 자리가

저한테는 큰 짐이긴 했어요. 제가 컨트롤할 수 없는 상황을 극도로 싫어해요. 공포스러워요. 근데 어쩔 수 없잖아요. 내가 왕도 아니고요. 수많은 변수들이 존재하니까요. 드라마 세계도 마찬가지인 것 같아요.

변수가 너무 많죠.

변수가 워낙 많으니까. 열심히 해도 안 될 수도 있구나 싶어요. 이상한 상황들이 발생을 하니까요. 그것 때문에 미치는 거죠. 한 번 당선되고 나서 시나리오도 팔리고… 한 제작사 대표님이 그러시더라고요. 요즘 기분이 어떠냐고 물어요. 작가 지망생의 암흑을 빠져나왔으니까요. 우스갯소리로 그랬어요.

"가난의 시간을 보내고 나니 비난이 오더군요."

비극을 희극으로 만드시네요.

대본이든 시나리오든 내놓으면 단점 집어내는 일이 제일 쉽거든요. 장점을 얘기를 하면 그 책임을 져야 되고요. 회사에서도 좋은 얘기는 필요 없다고 하다 보니 모두가 대본을 물어 뜯을 준비를 하고 있어요.

회의하고 나면 그래서 술을 마시죠.

스트레스 해소 방법이 술인가요?

어쩔 수 없잖아요. 방법이 없죠. 그런 사정을 다른 친구들에게 얘기하면 그 사람들이 이해를 할 수 있나요?

그래서 그냥 마셔요. 굳이 또 슬퍼할 필요는 없으니까요. 이런저런 쓸데없는 얘기들 하면서 마시고 하는 거죠.

산책이랑 음주, 글쓰기, 작가님 일상이네요.

산책, 음주 그리고 영화. 딱 세 개인 것 같아요.

혹시 다른 직업병도 있나요?

직업병은… 예민한 감정? 이상하게도 제게 상

담을 하는 분들이 많아요.

제가 공감을 잘해요. 공감 부분에서는 정말 빨라요. 상대방은 저한테 얘기하고는, 마음이 풀려가는데 저 혼자 고민하고 있어요. 또 다른 병이라면 하나에 꽂히면 그것만 계속하는 병이 있어요.

노래 하나에 꽂히면 계속 그것만 듣는 경우처럼요?

지겨울 때까지 들어요. 어떤 작품을 할 때 주제가처럼 딱 꽂히는 노래가 있어요. 그거를 틀어놓으면 계속 듣죠. 어느 맥주에 딱 꽂히면 그 맥주만. 막 파고 들어가요, 그런 식으로. 결국 연결되는 것 같아요.

갑자기 궁금해지네요. 작가를 안 했으면 뭘 하셨을까요?

작가를 안 했으면⋯ 몇 개 있죠. 처음에 연출이 하고 싶었고, 그다음은 그림 그리고 싶었어요.

전부 예술 쪽이네요.

사진도요. 일전에 어떤 분이 노후를 어떻게 생각하느냐, 나중에 하고 싶은 건 뭐냐고 물으시더라고요. 세 개 중 하나는 되지 않을까요. 사진을 찍든지 그림을 그리든지 소설을 쓰든지. 그런? 이민진 작가님의 《파친코》를 읽고 나서는 아, 나중에 더 나이 먹으면 어머니 얘기를 해봐야 되지 않을까 싶더라고요. 어머니가 살아온 시절? 개인적으로는 사극이든 시대극이든 주인공인 사람 말고 일반 서민들 얘기를 하고 싶어요. 왕이나 권력의 중심에 있는 사람들 말고요. 그 시대를 어떻게든 살아갈 수밖에 없었던 사람들. 도대체 세상에 무슨 일이 벌어지는지 모르지만요. 그런 사람들의 얘기들로 한국의 근현대사나 일상을 보여줄 수 있지 않을까, 하는 생각이 들어요.

예전부터 역사에 관심이 많으셨어요?

예. 그냥 늘 재미있었어요.

한국사, 세계사 전부 재미있었어요. 우리나라가 통일이 된다고 해도 최소 100년 이상 만들 수 있는 콘텐츠가 한국전쟁이라고 생각해요. 그래서

2012년도에 스토리 응모전… 한국콘텐츠진흥원에 지원해, 당선이 됐어요. 그때 당선된 소재도 한국전쟁이 일어나기 6개월 전, 서울에서 남침 작전명 '폭풍', 한국전쟁을 막으려고 싸웠던 스파이들의 얘기예요. 계속 만들고 싶은 콘텐츠가 있어요. 한국전쟁과 관련해서.

저는 역·알·못이지만 재밌네요. 쏙쏙 들어오게 말씀을 해주시니까요.

이런 콘텐츠가 그런 재미가 있죠. 역사를 모르는 사람들이 제목을 보고서 흥미를 갖게 되고요. 또 저 당시에, 정말 그랬어, 하고 찾아보게 되면 최고의 순기능이잖아요.

그렇죠, 그러면 혹시 작가로서 영향을 받게 된 롤 모델이 있나요? 작가로서, 또 인생으로서.

제 글의 스승이라고 생각하는 분은, 같이 작업했던 정하연 선생님. 그리고 작가들의 작가라고 불리는 〈나의 해방일지〉의 박해영 작가님.

기획실에 있을 때, 제가 작가를 꿈꿀 수 있게 된
건, 두 시나리오의 영향이 컸어요. 영화가 되기 전
에 봤던 시나리오인데 박찬욱 감독의 〈복수는 나
의 것〉과 봉준호 감독의 〈살인의 추억〉. 깜짝 놀랐
어요. 속된 말로 충격이었어요. 충격.

수많은 시나리오들 중에서도, 그 두 시나리오
가 너무 달랐어요. 박찬욱 감독님의 시나리오는
기억하기로 채 60페이지가 안 되는데 문장 하나
가 그대로 컷인 콤팩트한 시나리오였어요. 다른
시나리오들은 100페이지가 넘었거든요. 반대로
봉준호 감독님 시나리오는 거의 소설이었어요. 나
중에 영화를 보니 꼬마가 고개를 돌리는 묘사까지
다 대본에 있던 그대로였어요. 너무 재밌었어요.
그 두 시나리오가 각인이 되었죠.

거기서 출발해, 드라마를 하면서 정아현 선생
님 작품, 박해영 작가님 글을 좋아하게 되었어요.
아, 그 대본도 있어요. 〈네 멋대로 해라〉.

양동근, 이나영 배우님이 나오셨던 드라마였죠.

인정옥 작가님. 재밌는 게 〈네 멋대로 해라〉는

드라마를 제대로 본 적이 없어요. 하지만 대본은 다 읽었어요. 공모전 지원하기 전에 다 읽었었죠. 그 당시에는 드라마 대본이 돌아다니기도 했으니까요. 아, 이렇게 쓸 수도 있구나, 그런 생각을 했던 것 같아요.

우선 글이 좋으니까요. 세상을 바라보는 관점, 캐릭터, 대사들이 정말 좋았죠.

〈나의 아저씨〉도 명대사가 정말 많잖아요.

드라마는 대사의 예술이죠. 그 부분에 영향을 많이 받은 것 같아요.

드라마를 많이 보세요? 요즘 보고 있는 드라마는 어떤 건지 궁금하네요.

최근에 〈무빙〉을 봤어요. 부러웠어요, 저 배우들과 함께, 저 대본으로 저렇게 잘, 만들 수 있구나, 싶어서요.

빨리 데뷔하셨지만 무명의 시간이 조금 길었잖아요. 유명
해지고 싶다는 마음은 없었는지 궁금해요.

흔한 말로 유명해진다는 건 내 작품을 보여주
고 싶은 마음이죠.

전 어렸을 때부터 말을 해서 뭔가를 설득하려고
하지만 그 말이 또 다른 오해를 낳았어요. 오해를
낳아요. 그래서 말을 안 하면 왜 말을 안 하냐는 이
야기를 들었어요. 그런 오해들이 사람 사이에 있잖
아요. 근데 영상은 늘 좋았던 것 같아요. 가족하고
도 서로 말이 통할 수 있었던 건 오히려 영화나 드
라마를 같이 봤을 때, 그 영화 어땠어, 라고 물어보
면서 대화를 시작할 수도 있는 거죠.

같이 드라마를 보면서….

지금도 가끔 술 마시고 그러면 항상 상대방에게
그걸 물어봐요. 요즘 어떤 드라마 봤니? 어떤 영화
봤어? 그 영화나 드라마에 대한 감상을 서로 이야
기하잖아요. 그런 이야기로 시작하면 서로 편한 것
같아요. 가족끼리 정치 얘기를 하면 서로 싸움이

나잖아요.

세상과의 소통, 그 부분이 큰 거죠. 그때 영상을 만들어 보자는 다짐으로 넘어갔고, 나중에 드라마의 맛을 알게 되면서 대본을 쓰게 된 거 같아요.

영화랑 드라마의 차이가 뭘까요?

가장 큰 건 하나죠. 분량.

시나리오 쓰다 보니까 그런 게 느껴져요. 얘 좀 더 할 말이 좀 있는 것 같은데, 이 캐릭터가 조연이지만. 영화는 짧은 시간 안에 주인공 위주로 이야기가 흘러 가요. 아무리 길어도 세 시간이고, 보통 90분에서 120분 안에 다 끝내야 되잖아요. 드라마는 시간들이 충분하죠. 캐릭터들에 대해서 충분히….

서사를 줄 수도 있고요.

그렇죠, 아주 충분히요. 우리나라는 유독 영화와 드라마가 차별이 심해요. 드라마 대사를 영화에서는 무시하죠. 하지만 드라마에서는 대사가 가장 중요해요. 명대사. 결국 사람들이 기억하는 건 장면과 대사니까요.

맞아요. 혹시 작가님 작품 중에 추천하고 싶은 작품이 있을까요?

영상으로 된 게 많아야 추천을 할 텐데요. 〈시은 & 수하〉를 추천할게요. 저의 출발점이니까요. 〈시은 & 수하〉는 안타까웠던 게 여주인공을 소아암으로 설정했는데…. 그 후에 실제로, 주인공이 결혼 3년 만에 암으로 죽었어요. 그때 너무 힘들었어요. 미안하기도 하고 괜히 죄책감이 들고요.

만약 이 작품 제작해 주세요, 할 수 있다면 한국 전쟁 스파이물 〈폭풍〉, 스토리 공모 대전에 당선 됐던 작품을, 봐달라고 할 거 같아요.

글을 빨리 쓰는 편인데 그 대본은 한 5년 정도 걸렸어요. 시대극이고 한국전쟁이니까 당시로서는, 한국전쟁 관련한 것들은 다 읽었죠. 그래야 글을 쓸 수 있으니까요. 그 시절 사람들을 떠올리고 또 대본을 읽는 사람이 그 시대를 떠올리게끔 해야 되고. 하다 보니 공부를 하게 되더라고요.

오랜만에 영화 보기의 즐거움, 멜로를 쓸 수 있겠다 생각이 든 게 바로 〈헤어질 결심〉이었어요.

〈헤어질 결심〉을 보면서 아, 저런 글이 필요하고 저런 작품이 필요하고 그 감성이 필요하다는 걸 느꼈어요. 비록 씁쓸하고 서글픈 얘기지만.

코믹해서 좋았던 건 〈환상의 커플〉?

짜장면을 보면서 사랑하는 사람을 떠올리게 하고 눈물 흘리게 하는 건 전 세계 스토리 중에 아마 없을 겁니다.

하지 마, 도망칠 수 있을 때 빨리 도망쳐!

도망치라고요? 그 다음은요?

만약, 도망칠 수 없다면⋯. 그냥 쓰고 또 써, 이렇게 얘기하고 싶어요.

18년 전에 공모전에 지원했던 작가님을 다시 만날 수 있다면 말릴 거예요?

그럼요. 제발 하지 마.

근데 그럼에도⋯?

사실 반반이에요. 말리고 싶은 거 반, 아까도 말씀드렸지만 제가 직장생활을 했다고 하면, 지금 동창들 모습하고 비슷하겠죠. 동창 중 한 친구는 제 방에 와서 울고 간 적도 있었어요.

하지만 어쨌거나 제일 첫 번째는 "도망쳐"예요. 이런 얘기를 후배에게 한 적 있어요. 다른 모임에 갔더니 남자 작가가, 그때 스물일곱 살인가 그랬어요. 이 친구가, 자기는 너무 행복하대요. 자신이 낸 아이디어를 얘기도 하고, 어디서 아이디어를

얻었는지 영상을 보여주더라고요. 그 이야기로 공
모전에 지원했는데 당선될 것 같다고 그래요. 그
이야기를 듣다가 술 한잔 마시고 한마디했어요.
"도망칠 수 있을 때 도망쳐."

그분은 어떻게 지내고 계실까요?

도망쳤기를 바라요.

작가님은 계속하실 거잖아요.

도망칠 곳이 없어요. 딴 거 하면 딱 하나예요. 어
이, 조 씨. 이렇게 되죠. 작가님이 아니라.

조 작가가 아니라 조 씨… 생각이 많아지네요. 좋은 스토
리란 뭘까요?

보는 사람을 조금이라도 행복하게 해주는?

읽는 사람이 행복해지는 스토리인 거죠?

가끔 그런 생각이 들어요. 노무현 대통령의 어느 인터뷰를 봤거든요. 글쓰기의 방향성을 잡은 이야기예요. 지금 기억나는 건 이런 거예요. 우리 각자, 개개인으로 보면 얼마나 모순되느냐? 그런데 이 인간들이 하나로 뭉쳤을 때 놀랍게도 우리는 앞으로 전진한다. 그게 정말 큰 것 같아요.

개개인으로 보면 쓰레기도 너무 많고, 짜증 나고. 정말 사람인가 싶기도 하고. 그래서 환멸이 들 때도 있지만요. 결국은 제일 상처받는 건 사람이잖아요. 하지만 모순된 사람들이지만 촛불시위 할 때 보면 생판 모르는 사람들이 한곳에 모여서 하나의 이상을 꿈꾸잖아요. 그런 모순된 부분을 드라마나 영화로, 영상 매체가 메시지를 전달할 수 있을 것 같아요. 막장 드라마도 존재하긴 하지만 그것도 일상의 스트레스를 해소해 주기도 하고요. 그 외에는 우리가 더 선하게 살았으면, 아니면 좀 더 인간을 믿었으면 하는 그런 얘기를 해줄 수 있을 것 같아요.

모든 드라마가 꼭 그래야 하는 건 아니지만 그런 빛나는 순간들이 각각의 드라마 장면에 존재하는 게 아닌가 싶어요.

"우리가 좀 더

타인을 믿었으면…."

주이안

"저에 대한
믿음을 주고
싶어요."

배우의 하루

am.05:00 기상 후 대본 확인

오늘 촬영 때문에, 대본을 마지막까지 숙지하느라 잠을 설친 것 같다.

am.07:00 씻은 뒤, 아침

속에 무리가 안 되는 음식들로 먹는다. 예를 들면 브로콜리, 계란, 토마토 등.

am.09:00 촬영장 도착

촬영장에 도착해 헤어 메이크업을 받은 뒤, 감독님께 내가 준비한 것들을 보여드리고 컨펌을 받는다.

pm.12:00 첫 촬영 후 현장에서 점심

보통 현장에서는 밥을 잘 안 먹는다. 대충 속만 달래는 느낌으로 배를 채운다.

pm.14:00 다른 배우 촬영 중

모니터를 하며 배우려는 자세로 연기를 바라본다. 나와 다른 매력을 가진 배우의 모습을 배우고, 습득하려고 늘 노력한다.

pm.16:00 다시 촬영 시작

다소 무거운 신이라 촬영 들어가기 30분 전부터 동선 및 몸을 상황에 맞게 만드는 연습을 했다.

pm.19:00 중요한 신 완료

많은 에너지를 썼기에 멍 때리고 있다. 저녁밥 또한 먹는 둥 마는 둥 한 것 같다.
오늘은 나이트 신까지 있어서 새벽까지 촬영을 할 것 같다.

pm.22:00 마지막 신 촬영

감정적 요소가 많다. 연습한 대로만 나오기 바라며 혼자 차에서 연습을 또 해본다.
연기를 하면서 늘, 만족스럽지 못하다. 그러나 괜찮다. 무대 체질인지라 현장에선 더욱 더 에너지를 받는다. 내가 해야 할 것들 또는 수행해야 할 것들을 무대에선 정확하게 표현할 수 있다. 감독님에게 내가 준비한 것들을 토대로 동선과 상황을 컨펌 받았으니, 즐긴다는 마음으로 촬영에 임한다. 연기할 때 행복해야만 한다. 행복해야만 연기가 잘 나온다. 연기가 끝나면 모니터를 바로 하고 어느 부분이 이상한지 체크를 한다. 마음에 안 들면 감독님께 부탁해 테이크를 다시 가기도 한다.

하지만 모니터를 하면 항상 첫 테이크가 가장 좋았던 것 같다. 연습 부족일까, 실력 부족일까. 아직도 갈 길이 멀다. 배우면 배울수록, 연구하면 연구할수록, 더 어렵고 갈피를 못 잡겠다.

pm.23:00 퇴근

홀가분한 마음 또는 다소 찜찜한 마음, 후련한 마음. 만감이 교차하며 차에서 오늘 한 일들을 정리해 나간다. 내일은 더 잘 해낼 것이라고 상상하면서.

내일 일촬표를 보면서 또 상상한다. 동선 및 작가님과 감독님의 핵심을 파악한다. 눈은 감겨오는데 각성이 되었는지 피곤하지만 정신은 멀쩡하다.

pm.24:00 집에 도착해 정리

오늘은 잘한 연기도 있고 못한 신도 있다. 허나 내일 해야 할 연기들이 더 중요하다. 내 일에만 집중한다. 자면서도 한 번 더 체크를 한다. 눈을 감고 복기해 본다. 막히는 부분이 있으면 바로 일어나 대본을 체크한 후 다시 눈을 감는다.

더욱 더 연구를 해야 한다. 나를 꾸짖고는 나도 모르는 사이에 잠든다.

#치열한 사람의 눈빛에 대하여

평소 잘 가지 않는 동네. 요즘 가장 힙하다는 한남동으로 향한다. 이번 인터뷰의 주인공을 만나기 위해. 골목마다 숨어 있는 듯한 가게들을 지나, 조용하다는 리뷰가 달려 있던 카페를 찾아나선다. 10월의 끝자락, 저녁 7시는 벌써 어둑하다. 그런데 어디선가 후광이 비친다. 나만 그렇게 느끼는 게 아닌 듯, 지나가는 사람들도 하나같이 뒤를 돌아본다. 왔나 보군. 큰 키, 넓은 어깨, 길게 뻗은 팔다리. 모자로 반쯤 가려진 얼굴. 누가 봐도, 가려도 눈에 잘 띄는 사람.

"여기!"

그를 부르자, 그는 환한 웃음으로 손을 들었다. 왠지 옆에 서면 너무 초라해질 것 같은 느낌이 들지만, 어쩌겠나. 그와 나란히 서서 카페로 향했다.

그와 같은 작품에 출연한 적이 있다. 처음 그를 보았을 때 선입견이 없었다면 거짓말일 것이다. 아이돌 출신 배우. 이 타이틀은 그를 바라보는 내 시야를 좁게 만들었다.

화려한 스포트라이트를 받으며 무대에 서던 사람. 연기보다 춤과 노래로 먼저 얼굴을 알린 사람. 이미 유명세를 치른 사람. 수많은 카메라 플래시를 받으며 박수를 받던 사람.

남들처럼, 어떠한 수순대로 쉽게 연기라는 영역에 발을 들이려는 거겠지라고 생각했던 나의 편견은 오만에 불과했다. 그는 배우에 걸맞는 사람이 되기 위해 누구보다 치열하게 준비하고 있었다. 대충 넘어가는 법 없이, 완벽에 이를 때까지 스스로를 몰아붙이는 사람. 오케이가 나도 계속해서 연기를 검토하고 계속 연습하던 사람. 자신의 캐릭터를 고민하는 그의 얼굴을 바라보고 있다 보면, 그 열정과 고민이 왠지 나에게도 전염될 거 같았다. 그래서 때론 나까지 그의 팬이 되어 그의 연기를 응원하게 되었다.

연기를 배우고, 고민하고, 더 나아지려는 열의가 가득한 신인 배우. 그를 인터뷰이로 선정한 이유는, 그렇게 분명해졌다.

✳

테이블 너머의 그에게 커피를 건넨다. 어떻게 여기까지 왔는지, 앞으로 어디로 가고 싶은지 묻기 위해.

오늘, 그가 고민하는 연기라는 세계의 답을 들을 수 있을 것이다. 나 역시 꿈꾸는 그 세계를.

오랜만이죠? 드라마 촬영 후, 1년쯤 됐나요? 간단한 자기
소개 부탁드려요.

안녕하세요. 신인 배우 주이안이라고 합니다. 반
갑습니다.

너무 간단한 걸요? 신인 배우라면 그전에는 어떤 일을 하
셨는지요?

사실, 스물한 살에 가수로 먼저 데뷔했어요.

아이돌이었군요? 연습생 기간을 얼마나 보내셨는지 궁금
해요.

남자 6인조 아이돌이었죠. 2년 정도 연습생 시절
을 보냈어요.

그럼 고등학생 때 시작했겠어요.

열아홉 살쯤. 원래 연기가 하고 싶었어요. 연기 학원 다니면서 연기를 배워야지, 하는 생각을 가졌죠. 소속사 문을 두드리던 찰나에 길거리 캐스팅도 당하고 소개도 받고 해서 이곳에 발을 들이게 되었어요.

그랬구나… 지금 보기엔 무명 시절이 길지 않았을 것 같아요. 눈에 띄는 외모이다 보니까요. 맞나요?

길거리 캐스팅이 꽤 많았던 것 같긴 해요.

밖에 나갈 때마다 제의가 오는 건가요?

그런 건 아니고, 다섯 번 미만이에요….

그는 부끄러운 듯 손사레를 치며 말했다.

길거리 캐스팅이라면 보통 어떻게 물어보는지 궁금해요.

강남역이었나, 선릉역이었나. 기억은 정확히 안 나는데, 보통 명함을 주시면서 "이런 회사의 누구다, 이쪽 일에 관심이 있으면 오디션을 보고 싶다" 이런 식으로 제안을 하세요.

전부 유명한 회사였나요?

사실 제 성격 자체가 무언가 도전하는 걸 두려워하지 않는 편이라서, 작은 곳이었어도 가봤을 것 같아요.

집에서 반대는 없었나요?

워낙 독립적으로 자라서, 반대는 없었어요.

아까 연기에 더 관심이 있었다고 했잖아요. 아이돌로 먼저 데뷔한 이유가 궁금하네요.

같은 엔터테이너이니 상관 없지 않을까 싶어서 소속사와 가수로 계약을 했어요. 괜찮을 거라고 생각했는데 가수를 하다 보니 연기, 배우에 대한

갈증이 더 커지더라고요.

그랬군요. 당시의 아이돌 생활 루틴이 궁금해요.

데뷔 전이랑 데뷔 후가 많이 달라요. 데뷔 전에는 아침 9시 출근, 새벽 2시 퇴근.

고등학생 때요?!

네, 열아홉 살, 스물 살.

오전 9시부터 새벽 2시까지 노래랑 춤 연습만 하는 건가요?

절대 그렇게 흘러가지 않죠. 지금도 느끼는 거지만 열두 시간이 주어진다고 해도 집중해서 한두세 시간 정도 연습하면 많이 한 거라고 생각해요. 9시부터 2시까지 아침, 점심, 저녁 밥 먹는 시간도 있고, 쉬는 시간도 있잖아요. 전체적으로 열일곱 시간이지 집중해서 연습하는 시간은 그리 많지 않은 거죠.

일단 회사에서 짜둔 연습 시간은 그렇게 되는 거네요.

그 안에 안무 레슨 시간이 있고, 보컬 레슨 시간이 있고 랩 레슨, 기타 등등의 시간이 있죠.

랩이라… 아이돌 그룹에서 보통 메인 보컬, 서브 보컬, 랩, 댄스 담당 여러 가지 있잖아요. 이안 씨는 뭘 담당했어요?

담당이랄 건 없었어요. 제 실력이 후렴구를 부를 정도는 안 되고. 노래 1절, 2절 시작하는 도입부를 부르다가 춤도 메인 전담하는 친구가 있었어요. 그냥 다 보통, 보통 했던 것 같아요.

비주얼 담당이었나요?

그런 건 아니예요. 저 말고도 워낙 멋진 친구들이 많았어요.

겸손하시네요.

진짜로요. 전 기본에 충실했던 것 같아요. 솔직

히 지금에야 말할 수 있는 거긴 한데, 가수로서 열정이 없었던 것 같아요. 레슨 이외에도 자기가 좋아하는 춤이라면, 다른 안무 영상을 보면서 따라 해 보고, 음악도 이렇게 저렇게 커버해 보고 하잖아요. 근데 기본에만 충실했어요. 해야 하는 거 하고, 해야만 하는 거 해내고… 이랬던 것 같아요.

그랬군요. 회사에 연기를 하고 싶다고 말해 볼 생각은 못 했나요?

물론 말씀드렸죠. 그런데 단체활동이 정신없고 바쁘다 보니까 개인적으로 얘기할 수 있는 분위기가 아니었던 것 같아요.

아이돌로 데뷔하고 나서는 뭐가 달라졌어요?

생활 루틴은 비슷하지만 마음가짐이 달라졌죠.

이제 진짜다, 이런 느낌일까요?

'나는 프로다' 이런 생각을 하면서 데뷔하고 많

은 공부를 했던 것 같아요. 아까 말씀드렸다시피 뭔가 '열정이 그렇게 없는데'라고 생각을 했는데 데뷔 후에는 '제대로 안 하면 안 되겠는데? 삐끗하면 큰일나겠다' 이런 생각이 들더라고요. 몸으로 느끼니까. 그때부터 확연하게 열정을 가지고 했죠. 음악이든 작곡이든 작사, 작곡이든 랩이든 노래든 춤이든요.

데뷔 전이든 후든 활동하면서 힘들었던 때는 없었나요?

딱히 그런 건 없었어요. 육체적으로 힘든 건 힘들다고 생각을 안 해요. 구체적으로 잠을 푹 못 자고 계속 똑같은 거 해야 되고, 이런 반복을 힘듦의 프레임에 넣지 않았던 것 같아요. 그래서 힘든 건 딱히 없었어요.

강인한 성격이시네요.

그런가요? 힘들었던 거라면 잠을 못잤던 거? 저희가 데뷔를 했을 때 쇼케이스라고 있는데 그걸 안 하고 인터뷰를 했어요. BNT면 BNT 가서 인터뷰 하고요. 계속 그런 식으로 스케줄을 소화했어요. 그러다 보니 차에서 자고 숙소에서 편히 누워 잠잘 시간은 많이 없었어요. 새벽 4시에 숍 갔다가 집에 오면 10시. 자고 또 4시까지 숍 가고. 메이크업도 못 지우고 자는 경우도 많았죠.

엄청 바빴네요. 그래도 아이돌로서, 꽤 성적이 잘 나왔던 모양이에요.

초반엔 나쁘지 않았던 것 같아요. 조금 더 열심히 하면 뭔가 나오겠는데? 더 하면 수면 위로 올라오겠다! 이런 생각이 들었던 곡도 있고 그런 분위기도 있었어요. 데뷔 타이틀곡이 멜론 차트 56위까지 올라가서 막 신기해했던 경험도 있고요. 그게 성적이라고 하면 성적이겠네요.

그러면 〈생방송 음악 중심〉 이곳에도 나가서…

〈뮤직뱅크〉 〈인기가요〉 〈음악 중심〉, 〈쇼 음악 중심〉 월요일에는 아리랑 TV, 화요일에는 〈더 쇼〉 수요일에는 〈쇼 챔피언〉 목요일에는 〈엠 카운트

다운〉 그리고 금요일에는 〈뮤직뱅크〉 토요일에는 〈쇼 음악 중심〉 일요일에 〈인기가요〉 이런 루틴을 반복해요. 리허설이 있어서 아침 4시에 일어나서 숍 갔다가 5시… 리허설, 대기, 본공연… 하다 보면 하루가 다 가는 거죠. 짬나는 시간에는 인터뷰를 하러 가고요.

아이돌의 하루는 역시 다르네요. 별로 힘들었던 기억이 없다고 했는데 그래도 이안 씨에게 어떤 원동력이나 힘이 되어 주었던 것이 있었기에 버틸 수 있었던 거 아닐까요?

정말로, 그런 건 딱히 없는 거 같아요.

다 괜찮았어요?

네. 뭔가 의지할 만한 것도 없었고, 생각 없이 똑같이 하고 그랬던 것 같아요.

생각할 겨를도 없다, 그냥 해야지, 이런 걸까요?

그런 느낌이죠. 명언 중에 좋아하는 게 있어요.

"무슨 생각을 해?" 그냥 하는 거지. Just do it.

아이돌 활동하면서 연기에 대한 생각은 어떻게 변해갔는
지도 궁금하네요.

더 커졌어요. 궁극적으로 내가 더 좋아하는 게
뭘까 그런 생각을 많이 했거든요.

노래랑 연기, 춤, 랩까지 다 해봤잖아요. 노래랑 연기, 각
각의 매력이 있다면 어떤 걸까요?

노래는 평소에 어디에도 말하지 못하는 속마음
을 추상적으로 표현할 수 있다는 매력이 있어요.
연기는 내가 간접적으로 느꼈던 걸 표현하면서 재
미를 찾아가는 매력이 있다고 생각해요. 둘 다 너
무나 매력적인 직업, 그리고 작업이죠.

우리가 같이 촬영했던 드라마 이야기를 해볼까요. 〈특수공
인중개사 오덕훈〉 그 배역이 대사가 굉장히 많았잖아요.

정말 많았죠.

　　사실 다른 영화나 드라마 촬영했을 때는, 그렇게까지 큰 배역이 아니어서 대사량이 많았던 적은 없었어요. 그때 운 좋게 주연을 맡게 되었어요. 대사량이 170페이지 정도였죠.

　　맞아요. 단어적으로나 문맥적으로나 시나리오 흐름 자체가 어려웠거든요. 지금 여기 보면, 이렇게 메모장에 적어놨었어요. 발음이 잘 안 되는 부분이라던지, 이해가 안 가는 부분이라던지, 연습하다가 안 되는 모든 것들.

　　이걸 밥 먹을 때도 보고, 쉴 때도 보고, 자기 전에도 보고… 계속 대사를 봤죠.

　　그런 게 있는 것 같아요. 몸이 기억하는 것들. 안 외워지는 대사 한 줄을 연습해요. 머리로는 아무리 해도 잘 안 된단 말이에요. 그런데 계속 중얼중얼 입으로 외우다 보면 어느새 대사가 입에 붙어 있어요.

특히 안무 연습하면서 느끼셨을 것 같아요.

맞아요. 만약 오늘, 처음 배우는 동작이 잘 안 돼요. 계속해도 잘 안 되는 거 같아요. 물결처럼 흐르는게 아니고 삐걱거리고 버벅이다가 갑자기 '아, 이거였구나' 하는 순간이 와요.

대사도 비슷한 순간이 있어요. 엔터테이너나 배우들은 표현이 중요하다고 생각하니까 모든 부분을 신경써야 하잖아요. 하지만 생각해서 표현하는 게 아니라, 몸으로 보여주거나 표정이나 제스처, 액션, 에티켓 등을 통해 표현하니까 그런 부분에 더 집중하게 되는 거죠. 연기도 마찬가지고 말이에요.

배우, 연기를 하면서 뿌듯했던 때가 있었나요?

많아요. 작품을 준비하는 시간, 무엇보다 작품이 나와서 좋은 평가가 있을 때. 힘들고 잠 못들고 괴로웠던 시간들이 보상받는 느낌이니까요.

오디션을 보고 합격하거나, 또는 촬영하면서, 오케이를 받는 순간도 너무 행복하죠.

저도 그런 순간들을 소중히 여기고 있어서, 공감이 많이 되네요.
만약에 아이돌도 못 하고 가수도 못 하고 배우도 못 했으면 무슨 일을 하고 있을 것 같아요? 연예계 생활을 아예 못 했다면요?

그런 생각은 안 했던 거 같아요.

지금 한번 해보세요.

음… 몸으로 표현하는 일을 했을 것 같아요. 예를 들어서 운동 선수?

예체능일 것 같아요. 예체능이나 선생님? 체육 선생님도 좋고 국어 선생님도 좋아요.

그럼, 본인은 어떤 캐릭터가 어울린다고 생각하세요?

그 부분, 질문도 많이 받고 생각을 해봤는데요.

아니면… 어떤 캐릭터 제안을 많이 받으세요?

이미지가 아름다운 것들을 제안받진 않고요.
확실한 색깔이 있는 배역을 주시는 것 같긴 해
요. 제가 많이 배역을 안 해봐서 말하기가 조심스
러워요. 스스로 이게 어울릴 것 같다고 판단을 해
버리면 그것만 더 연구를 하고 연습할 것 같아서
백지 상태로 만들려고 노력 중이에요. 이것도 칠
해 보고, 저것도 그릴 수 있게끔.

혹시 이 캐릭터는 꼭 해보고 싶다, 라는 역할도 있을까요?

순수한 청년 느낌의 역을 맡아보고 싶습니다.
말하기가 조금 애매해요.

작품으로 친다면요?

드라마 〈동백꽃 필 무렵〉의 느낌? 또, 개인적으
로 임시완 선배님을 좋아해서 그분의 연기를 많이

연구합니다.

롤 모델이 임시완 선배님인가요?

네, 임시완 선배님.

긍정적인 성격이라, 이런 적은 없었을 것 같은데 연기와
노래를 하면서, 그만둘까 싶었던 상황이 혹시 있었나요?

어제도 있고 오늘도 있었는데요.

정말 놀랐다. 인터뷰 시간 동안 모든 것이 괜찮아 보였던 그래서. 이렇
게나 긍정적인 사람이 있나 싶을 정도로 대화를 나눈 그가, 오늘도 그
만둘까 하고 생각을 했다니.

근데 지금까지 말해 온 걸 보면 정말 긍정적이세요.

사실 전, 인터뷰를 하러 나가든 뭘하러 나가든
저만의 개인적인 잡념, 고민들을 집에 두고 나와
요. 혼자 생각하는 영역과 밖에서 생각하는 영역
은 다르니까요. 개인적으로는 내 길이 이게 맞을

까, 라는 생각을 수도 없이 하죠.

그렇군요, 혹시 그만둬야 할까 싶었던 사건이 있었나요?

제가 준비한 것들이 다 무산되고 계획대로 안 되었을 때가 있었죠.

구체적으로 말해 주실 수 있나요?

어떤 작품이 있었어요. 1년 전쯤. 그 작품에서 배역을 받고 공부를 열심히 하고 마지막으로 관계자분들 만나서 얘기하면 끝나는 상황이었어요. 정말 그 생각만 가지고 2주 동안 시뮬레이션을 계속했죠. 이렇게 하면 이렇게 해야지, 촬영장에서는 이렇게 해야지, 이렇게 준비해서 가야지 생각해 뒀는데, 결국은 그 역할, 다른 배우분이 되셨어요.

아, 최종 리스트업까지 됐는데 마지막에 떨어진 거네요.

그쵸. 저 말고도 두세 명 정도 더 있었겠죠. 그래도 이해해야죠. 작품을 만들 때 생각해 두었던 이미지 혹은 캐릭터와 더 맞는 사람을 쓰는 게 맞는 거니까.

이해는 하는데 그 작품에 쏟은 열정과 시간이 있어서 더 힘들었겠어요.

사실, 그 캐릭터는 내가 꼭 해야지, 생각했어요.

확신이 있었군요.

결과가 그렇게 되니까, '2주 동안 내가 한 건 뭐지?' 싶더라고요. 더 구체적으로 '아무런 이득도 없는데 대체 뭘 한 거지?' 이런 생각도 들고요.

괜히 시간 낭비한 것만 같고요.

내가 쏟은 시간에 대한 보상이 전혀 없으니까요. 경제적인 것이든 육체적인 것이든.
그때 든 생각이, 과정은 중요한 게 아닌가, 라는 생각이 드는 거에요.

저도 그런 적이 있었어요. 이해가 가요. 그 마음이. 모든
게 안개처럼 무산된….

요새는 경거망동 안 하려고 조심하고, 마음을 비
워요.

맞아요. 그게 어려워요.
오늘도 그만둘까 했던 그 생각을 없앤 원동력이 있나요?

원동력이요? 원동력….

뭐가 있을까요? 여러 가지여도 좋아요.

하나는, 이 직업이 나랑 가장 잘 어울리고 잘 맞
는 직업이라는 생각이에요.
다른 사람들과 이야기할 때도 그렇게 말하고
요. 실제로도 그렇게 생각해요.

자기 확신이 있는 거네요?

자기 확신을 하니까 계속 연기를 해야지 이렇

게 생각이 이어져요. 어떠한 이유 때문에 하는 게 아니니까요. '난 이걸 해낼 거야'를 계속 생각을 하니까 해내야 하는 사람이 되어야지 하면서 계속 가게 되는 것 같아요.

자신감을 가지려고 노력하는 거네요.

그렇죠. 그렇죠.

책에서 최근에 본 글들이 '우주의 만물을 끌어당기는 법칙, 내가 말하는 대로 된다'였어요. 미래를 구체적으로 생각하면서 '나는 어떻게 할 것이며, 어떻게 걸어다니고, 나중에 어떤 사람을 만나서 어떠한 눈빛을 가지고 어떠한 모양새를 가지고 인사를 할 것이며, 어떠한 표정을 지으면서 어떻게 상대방을 대할 거다', 이런 것까지도 자주 상상을 하거든요.

그 책 저도 봤어요! 그럼 구체적으로 어떤 배우가 되고 싶으세요? 이제 말하는 대로 이루어지는 거예요.

말하는 대로 이루어지면? 저는 좀….

좀 부끄럽긴 한데, 저한테 미션이 주어졌을 때 이 사람이면 무조건 할 수 있다는 확신을 주는 배우가 되고 싶어요.

어떤 배역을 주어도 상관없을까요?

그러니까, 겉으로 괜찮은 게 아니라, 연기가 진짜 마음에서 우러나오고 이 사람이라면 괜찮다는 이야기를 듣는… 그런 배우가 되고 싶은데 좀 광범위하죠. 애매하게 말한 것 같네요.

지금 포장해서 말하는 거죠?

포장지를 뜯으면 너무 부끄러울 것 같아요.

그냥 솔직하게 말해 주세요.

음. 포장지를 뜯어서 솔직하게 이야기를 한다면, 제 이름만 들어도 모든 분들이 알 수 있게 성장하고 싶어요.

유명한 배우?

유명함 안에는 책임감도 따르니까. 분명 따르
는 걸 알고 있어서. 그래서 겸손하려고 하고, 지금
까지 얻은 것에 대해선 지켜야겠다고 생각하면서
나를 만들어 나가는 내 자신이 좋아요.

'유명해진다'에 대해, 본인만의 기준이 있을까요? 주이안
이라는 이름을 들었을 때, 사람들이 어? 아, 알지, 그 작품
에 나왔던? 이렇게….

그렇게 된다면 정말 좋죠. 사실 유명세를 얻는
다기보다 내가 이 분야에서 한 가지 무기는 가지
고 있다, 이 친구는 이런 부분은 이런 게 확실하다
는 거를 보여주고 싶긴 하죠. 핸드폰을 고치는 사
람이면 많은 주제가 나왔을 때 이거는 주이안이
지, 그렇게 캐릭터화가 되었으면 좋겠어요. 한 가
지라도요.

좋은 비유네요. 본인을 응원해 주는 사람이 많겠지만, 거

기서도 특별히 힘이 되는 누군가를 고른다면요?

당연히, 가족이죠. 가족들 응원과 더불어. 저 스스로를 컨트롤, 절제하는 게 중요한 것 같아요.

혹시 추천하고 싶은 본인의 노래나 작품이 있다면요.

일단 티빙이랑 OTT에서 했던 〈특수공인중개사 오덕훈〉이라는 작품을 추천하고 싶어요. 그리고 개인적으로는 이미 많은 분들이 보셨을, 〈미생〉이라는 작품도 추천하고 싶어요. 그 드라마에 나오는 선배님들 보면서 모두가 공감할 수 있는 연기는 저런 거구나, 하며 여러 가지를 느끼고 배울 수 있었거든요. 노래는 사실 관심이 없어서….

관심이 없어요?

저희 곡들 중에 제 생각이 많이 들어간 가사가 있어요. 요새는 헤일로라고 치면 게임이 먼저 나오니까 가수 헤일로라고 검색해 주세요!

그중에서 추천할곡은…?

모든 곡.

본인이 작사한, 특별한 애정을 가진 곡은요?

거의 다 작사했죠.

음악은 저희 앨범 말고는, 관심을 놔버려서 추천하기가 힘드네요.

긴 시간 인터뷰 힘들었죠? 얼마 안 남았어요! 본인과 같은 길을 걷게 될 후배들에게 해주고 싶은 말이 있다면요?

제가 감히 말씀을 드려도 되는 걸까요? 감히 이야기를 드리자면 저는 가수 계약이 끝나고 20대 초중반쯤에 슬럼프가 크게 왔거든요. 그때 태어났으니까, 내가 좋아하는 걸 해야지 맞지 않겠나라고 생각을 했어요. 어찌 됐든 저는 좋아하지 않는 걸 했을 때와 좋아하는 것을 했을 때, 행복 지수의 차이가 크다고 생각해요. 이 인터뷰를 보시는 분들도 본인이 정말 좋아하는 일이 뭘까 생각해 보는 시간을 가져보시면 좋겠어요. 아무도 없이 핸드폰을 끄고 혼자만의 사색을 해보시는 것을 추천합니다. 내가 뭘 잘하는지도 중요하지만 '뭘 좋아하지? 뭘 가장 재밌어 하지?' 이런 고민을 하는 게 맞는 것 같아요.

더 구체적으로 질문해 볼게요. 본인처럼 연기의 꿈을 갖고 아이돌의 길을 걷는 친구에게 해주고 싶은 말은요?

으아, 제가 뭐라고 이런 조언을 한다는 게 우습긴 한데….

인생 선배잖아요.

저라면… 좋아하는 것과 함께 잘할 수 있는 것을 전문적으로 연구해서, 본인만의 무기 하나를 가지고 있으면 좋을 것 같아요. 그런 무기는 너무 광범위하지만 자신만의 필살기를 하나 찾는 것을 추천합니다.

만약, 음악 활동을 하면서 연기를 희망하는 분이라면 남한테 의지하지 않았으면 좋겠어요. 예를 들면 저는 회사가 알아서 해주겠지라는 편한 생각을 했거든요. 그런데 연기는 제가 제 발로 뛰고 직접 프로필도 내야 한다는 것을 느끼고 있어요.

그러니까 결론은, 하고 싶다는 생각만 앉아서 하지 말고 움직이라는 말을 하고 싶어요.

좋은 말이네요. 오늘 인터뷰 어땠나요?

무슨 말을 했는지 모르겠지만, 그냥 좋았습니다.

좋았다,라는 말만 기억하겠습니다. 고생많으셨어요!

배영호

프로듀서

2019년   〈시인할매〉 (DMZ 다큐영화제 공식 초청작)
2019년   〈산티아고의 흰 지팡이〉 (EIDF-EBS 국제다큐영화제-공식 초청작)

사박 사박

장독 에도

지붕 에도

대 나무 에도

걸어가는 내 머리위로

잘 살았다

사박 사박

2 0 1 9 . 0 2 . 0 5

전체관람가

"먹고살기
위한 일이
아닌
하고 싶은
일을 하며
사세요."

#진짜 사람 이야기에 대하여

어릴 적, 저녁이면 온 가족이 둘러앉아 함께 보던 다큐멘터리 프로그램이 있었다. 익숙한 음악과 따뜻한 나레이션, 그리고 화면 속에서 평범하지만 깊은 울림을 주던 사람들의 이야기. 그들의 삶은 어딘가 모르게 우리와 닮아 있었고, 진솔한 기록은 어린 마음에도 조용히 스며들었다. 그래서 아직도 문득 그 이야기가 기억이 난다.

그때는 몰랐다. 보통 사람들의 특별한 이야기가 세상에 닿기까지, 보이지 않는 곳에서 묵묵히 시간을 쏟고, 고민하고, 기다리는 사람들이 있다는 것을. 한 사람의 삶을 깊이 들여다보며 그 안에 담긴 서사를 조용히 길어 올리는 이들이 있다는 것을.

지금, 만나볼 이는 그런 사람이다. 평범한 사람들의 삶 속에서 빛나는 순간을 포착하고, 때로는 잊혀질 뻔한 목소리를 세상에 전하는 다큐멘터리 프로듀서 배영호.

그를 처음 만난 건 한 촬영 현장에서였다. 카메라가 잠시 꺼지자, 그는 소품으로 놓인 피아노 앞에 조용히 앉더니 곧 연주를 시작했다. 누군가를 의식하지 않고 울리는 연주, 그는 그 연주 안으로 가만히 걸어들어 갔다.

그 순간 촬영장의 부산스러움은 사라지고, 피아노 선율만이 현장을 가득 채웠다. 그때 무언가 공기의 흐름이 달라졌다. 그가 만들어내는 선율과 잔잔한 마음이 그곳의 기운을 바꿔놓았다. 무엇보다, 그는 참 따스웠다. 촬영장의 모든 이들에게 친절했고, 소소한 대화 속에서도 상대를 향한 진심이 느껴졌다.

사람을 좋아하고, 사람을 궁금해하고, 사람 냄새가 나는 사람. 그런 마음은 그의 다큐멘터리에도 고스란히 녹아 있다. 자극적인 연출 없이도 묵직한 감동을 남기고, 가장 평범한 이야기 속에서 그는 가장 강한 메시지를 끌어올린다.

궁금했다. 다른 이의 인생 이야기를 포착하는 사람은 어떤 삶을 살아왔는지, 어떤 메시지를 세상에 남기고 싶었는지 말이다. 그리고 그가 갖게 된 그 따뜻한 시선은 어디에서 비롯된 것인지 꼭 묻고 싶었다.

창문으로 보이는 안개처럼 쏟아지는 눈, 뜨거운 열기가 잡힐 듯한 고소한 차를 앞에 두고 그와 마주 앉았다.

오늘 시간 내주셔서 감사해요. 짧게 소개 부탁드려요.

독립 다큐멘터리 프로듀서 배영호라고 합니다.

독립 다큐멘터리, 프로듀서는 어떤 일을 하는지 무척 궁금합니다.

영화 업계에서 영화 제작의 전반을 지원하는 일을 하는 사람을 프로듀서라고 해요. 감독이 하는 일을 제외한 나머지 일을 전부 프로듀서가 하고요. 영화 끝날 때, 자막 보면 프로듀서들 이름 쫙 올라가잖아요. 이름이 많아요. 왜 많을까요? 일단 기획을 해요. 무슨 영화를 만들까? 프로듀서가 기획하기도 하지만 대개의 경우에, 특히 독립 영화나 한국 영화들은 감독이나 작가들이 시나리오를 갖고 오거든요. "이거 만들면 어때요?" "안 돼" "돼" 이걸 결정하는 게 프로듀서예요.

영화를 만들기로 했다고 하면 뭐가 제일 중요

할까요? 뭐가 필요할까요?

제작비 아닐까요?

맞아요. 그래서 돈을 모아요.

제작비를 모으는 건 어떤 방식으로 진행이 되나요?

상업 영화는 제작비만 전문으로 마련하는 프로 듀서들이 있어요. 물론 전체 총괄 프로듀서가 다 총괄을 하지만요. 상업 영화는 쉬워요. 처음에 투자, 창투사들 이름이 쫙 뜨잖아요. 영화에 제작비를 투자하는 분들이 있어요. 첫 번째는 제작사가 돈을 대는 거죠. 제작사가 자기 회사 돈을 태워요. 나중에 영화가 잘됐을 때 그에 따라 그 돈을 나누게 되는 거죠. 물론 제작사는 자기가 낸 돈보다 많이 받긴 해요. 제작사니까.

영화 제작 현장 가면 작은 현장이라도 최소한 10명이 넘어요. 큰 현장은 100명씩 있으니까 스케줄 잡아야 해요. 촬영 현장에 가면 아주 복잡한 일이 많이 생기지요.

일단, 현장 섭외해야죠. 그다음 촬영 현장까지 어떻게 이동할 것인지 그거 정해야죠. 촬영 현장에 가면 밥도 먹어야 해요. 촬영이 길어지면 이 인원이 그곳에서 자야 해요. 30명이 자야 한다고 해보죠. 촬영 날짜 나오기 한 달 전에 근처 있는 모텔 가서 통째로 빌려요. 그런 일들을 다 하는 거예요.

영화 제작이 끝나면 배급 상영을 해요. 어떤 배급사한테 맡길 건지, 홍보를 어떻게 할 건지, 그런 건 프로듀서랑 상의를 하죠. 그래서 이름이 프로듀서인 거예요. 프로듀서가 사실 영화를 다 만든다고 봐야 해요.

프로듀서들이 맨날 하는 얘기가 있어요.

"이렇게 고생하는데 아카데미에 프로듀서 상도 없고, 참."

왜 없을까요?

아카데미에 작품상 있잖아요. 작품상 받으러 누가 올라가냐면 프로듀서가 올라가요. 프로듀서가 제작자니까. 작품상은 프로듀서한테 주는 상이에요.

프로듀서한테 작품상은 최고의 상이겠네요.

프로듀서는 예술가라기보다 사업가예요. 영화라는 제품을 만들어서, 이익을 내는 사람이죠. 감독들은 반면에 예술가예요. 그런 부분에서 감독하고 프로듀서가 다투기도 해요. 혹은 둘 사이에는 적당한 경계선이 있어요.

절대로 이런 건 안 된다, 하는 규칙이 있나요?

서로 조심하죠. 그런데 다큐판은 전문 프로듀서들이 와서 도와주기에는 돈이 너무 안 되어요. 선배 감독이 프로듀서를 해주는 경우가 많죠. 뒷바라지 해주는 게 프로듀서니까요. 가령 제가 프로듀서한 〈산티아고의 흰 지팡이〉 같은 경우에 비행기표, 산티아고 순례길 한 달 내내, 매일 숙소 예약, 하루 세 끼 먹어야 하니까 식당도 알아보고…. 그 스케줄만 관리해도 너무 바빴어요. 그런 일을 처리하는 게 프로듀서예요.

순례길 얘기가 나온 참에, 만드신 작품들 이야기를 듣고
싶어요.

극장 개봉한 건 〈시인 할매〉와 〈산티아고의 흰
지팡이〉가 있어요.

〈안나푸르나의 김써르〉도 있어요. 영화제 출품
을 했는데 EBS 국제다큐영화제에 출품이 되었어
요. 개봉은 못 했어요. 개봉하기가 쉽지 않더라고
요. 다큐 영화는 많이 안 보잖아요. 그래서 개봉 안
하고 부가판권 시장, VOD 시장으로 바로 갔어요.

어쨌든 영화진흥위원회의 영화로 등록을 했으
니까요. 영화로 세 편. 그다음엔 TV 다큐가 있죠.

많이 만드셨네요. 언제부터 다큐 제작을 하신 거예요? 그
전에는 무슨 일을 하셨는지도 궁금하고요.

늦게 시작했어요. 쉰 살 때부터.

전 영화 전공이 아니예요. 영화 전공한 사람들
은 감독을 하지 프로듀서는 안 해요. 전 법학을 전
공했어요.

졸업하고 대기업 법무팀에서 근무했어요. 삼성

화재 법무팀에서 근무하다가 우연한 기회에 조그
마한 케이블 TV 회사를 직접 운영했지요. 갑자기
시작했어요.

갑자기 대기업을 나와 사장님이 되셨군요?

카티비라는 회사였어요. 그러다 회사가 망했어
요. 슬픈 얘기예요. 그래서 여러 일을 하다가 이종
은 감독이 KBS 다큐로 〈사막 위의 두 남자〉라는
다큐를 만들었어요. 〈사막 위의 두 남자〉에 내가
출연자 겸 프로듀서로 참여를 했지요. 그렇게 했
는데 이종은 감독이 저한테 프로듀서로 잘할 것
같다, 앞으로 하는 작품에 프로듀서로 도와줬으면
좋겠다고 하더라고요.

그때는 프로듀서가 뭐 하는지도 모르고 계약서
검토하는 걸 했어요. 그다음에 프로듀서가 하는
제일 중요한 일, 돈 모아오는 일을 했죠. 우리나라
에는 한국콘텐츠진흥원이 있어요. 콘진원에 좋은
다큐 영화 기획안을 가지고 가면 그 기획안을 보
고 뽑아서 지원금을 주거든요.

미리 지원금을 주는 제도인가요?

　　미리 주지요. 목돈을 주지 않아요. 요즘은 1억
5천 정도를 줘요.

그 정도면⋯ 많이 주는 건가요?

　　그 정도로 다큐 영화 한 편 만들어요. 1억 5천
을 바로 주는 건 아니예요. 카메라 감독이랑 같이
촬영을 해요. 카메라 감독은 일당을 줘야죠. 그러
면 '이나라도움' 사이트가 있는데 거기에서 "제작
비로 얼마 얼마 썼습니다. 주십시오" 그러면 카메
라 감독 통장으로 송금해 주는 거죠.

　　2천년대 초에는 우리 통장으로 줬어요. 그랬더
니 사람들이 떼어먹어요. 가짜 영수증 만들어서 내
고 그랬대요. 옛날에 솔직히 그랬대요. 그래서 이
젠 일한 사람들, 각각 그 사람들한테 돈이 바로 가
요. 우리가 해외 촬영 갑니다, 하면 항공사 통장으
로 바로 돈이 가요. 돈만 나가면 되니까요. 그래서
기획안을 열심히 쓰죠. 그다음에 촬영이 발생하면
스케줄 잡고, 각종 계약서 검토하고, 개봉하게 되

면 또 배급사하고 홍보대행사들이 막 들어와요. 그런 사람들하고 또 계약하고 진행하죠.

감독이 작품에만 신경 쓸 수 있도록 다른 일 관리하는 걸 그때부터 하기 시작했어요.

그런 투자를 우리는 받기 힘드니까 우리가 노리는 건 오로지 콘진원이나 라파 쪽을 염두에 둬요. 전파진흥원. 그다음 KCA. 그렇게 국가 지원 사업에 많이 응모를 하죠.

도움이 많이 될 것 같아요. 프로듀서를 꿈꾸는 분들한테. 이런 곳이 있다는 걸 알게 되었으니까요. 그러면 상업영화는 안 만드시나요?

상업 영화도 이종은 감독이랑 같이 하고 싶죠. 쉽지 않더라고요. 안 했다기보다 못 했지요.

투자를 받는 게 힘들었을까요?

아무래도요. 돈이 하나도 없었죠. 그때 이종은 감독이랑 〈사막 위의 두 남자〉 프로그램을 만든 거예요. 길지 않아요. 48분짜리, 유튜브에서 볼 수

있어요. 〈사막 위의 두 남자〉는 같은 제목으로 책
도 썼어요. 초판이 아직 있어요. 주문하면 다음 날
안 오고 이틀인가 걸리더라고요.

사업이 망했을 때, 영화 출연도 하시고 책도 쓰시고. 그때
가 중요한 기점이었겠어요.

중요한 계기지요. 전환점이랄까, 그때 그 사건이.
프로듀서를 하면서 이런 생각을 했어요. 저는 종
교가 없어요. 그런데 신은 있는 것 같아요. 사실은
신이 있다고 확신을 하고 있는데. 그러면서도 어떤
종교의 교회나 성당이나 절에 가지 않는 이유는 그
종교가 주장하는 신하고 제가 체험한 신하고 너무
다르더라고요. 제가 아는 신은 이렇게 커다랗고요,
교회에서 얘기하는 하나님은 너무 치사하고 작아
요. 교회 안 가고 헌금을 안 하면 나쁜 놈이잖아요.
신은 그런 분이 아니라는 걸, 알아요.

다시 돌아와서, 작품 제작 이야기를 해볼게요.

창작자는 결국 자기 작품을 해야 돼요. 만들고

싶은데 돈이 없잖아요. 그러니까 지원서를 써서 내는 거죠.

50살이 100년 인생에서 딱 반 이잖아요. 50살인데 실패를 했어요. 마치 사막 한가운데 혼자 내던져진 것 같은 그런 사람이 사막을 횡단하면서 삶의 새로운 의욕을 찾는다, 이런 다큐를 하면 어떤가, 이런 얘기를 농담처럼 했거든요.

나 혼자 가면 얘기가 안 될 것 같아요. 근데 하늘의 뜻인지 그 일주일 전에 삼성 입사 동기를 만났어요. 이 친구가 삼성에 다니는데 뇌종양으로 반신불수가 됐어요. 왼쪽을 못 써요. 그래서 그 친구랑 둘이 가는 그런 컨셉으로. 그랬더니 좋대요. 그 자리에서 친구한테 전화했어요.

"이런 게 있는데 기획안이 뽑히면 갈 수 있어, 확정되면 같이 갈래?" 그랬더니 간다는 거예요.

기획안이 서류 심사 통과하고 심사위원들 앞에서 피티를 해요. 피티하는 날 선정된 걸 알았어요. 끝나고, 심사위원 한 명이 오더니 "감독님, 사막이 밤에는 추워요. 조심해서 잘 다녀오세요" 그러더라고요.

신의 한 수네요?

이종은 감독이 저작권을 가진 첫 작품을 만든 거예요. 그 계기로 이종은 감독하고만 작품을 같이 하고 있어요.

사막을 생각만 해봤지, 상상만 해봤지, 가본 적도 없고 잘 모르거든요. 보통 고생이 아니었을 것 같은데요.

프로듀서로서 일할 때 뭐가 제일 재미있냐면요. 이건 창의력이 필요하다기보다 약간의….

이성적이고 논리적인 게 더 필요한 거죠?

예술가라기보다 사업가인데. 작업 중에서 제일 재있는 건 촬영 현장에 가면 계획대로 되는 게 하나도 없다는 거, 그거예요.

아, 변수가 많아서 오히려 재미있는 건가요?

현장이 너무 역동적이에요. 그렇지 않겠어요? 사

실 계획이라는 게 사람이 생각할 수 있는 범위잖아요. 다큐가 내가 생각하는 대로 딱 되면 어떻게 되겠어요? 평범한 게 되죠. 다른 사람들도 생각할 수 있는 그런 거죠. 사막에 가서 낙타를 타고 이런 일이 있고, 이런 일이 있고, 그런 일이 있고. 오케이.

'저런 일이 있을 수 있어?' 그런 일은 우리 계획 안에서 생기지 않아요. 사실은 사업 쫄딱 망해서 집을 날린 다음에 사막을 가는 기획이잖아요. 계획대로 안 된 거죠, 사업이. 그런데 지금은 하루하루 '내일은 어떤 일이 생길까?'라고 기대가 되는 삶을 살아요. 계획했으면 이런 일이 있었을까?

계획에 없는 일이 생기면 더 즐거워요.

회사가 망하고 그 무렵엔, 다음 날 눈 뜨는 게 겁이 났어요.

그렇죠. 전 재산을 날렸는데.

아직도 해결 안 된 일이 많이 있어요. 복잡한 일이 많아요. 그때 지구에 혜성이 떨어지기를 매일 밤 간절히 원했죠.

컴퓨터 껐다 켜면 다시 세팅되듯이 리셋 버튼
이 있으면 어떨까 그런 생각을 했죠. 내일이 두려
웠어요. 그렇게 두려웠는데 지금은 내일이 기대돼
요. 물론 안 좋은 일이 있을 수도 있어요.

안 좋은 일이 일어날 수도 있지만 제가 하고 싶
은 얘기는….

어떻게든 일은 해결되고…. 그때부터 지금까지
제일 좋아하는 고사성어는 새옹지마예요. 새옹지
마 이야기 알죠?

좋은 말이 있어요. 근데 그 말이 도망을 가요.
슬퍼하고 있는데 밖에 가서 좋은 적토마를, 친구
말을 데리고 왔어요. 좋은 말이 두 마리예요. 근데
또 그 말을 아들이 타다가 떨어져서 다리가 병신
이 되어요. 그래서 슬펐는데, 전쟁이 나요. 그 동네
청년들 다 군인으로 끌려갔는데 우리 아들은 다리
병신이니까 군대를 안 가요. 그래서 사는 거죠. 아

들만 살아요. 다 죽고.

그런데, 더 깊은 뜻이 있어요. 단순하게 좋은 일이 있으면 나쁜 일도 있고, 나쁜 일이 있으면 좋은 일도 있고, 그게 아니예요. 새옹지마는 좋은 말이 없어진 나쁜 일이, 좋은 말을 데리고 온다는 좋은 일의 원인이 되는 거죠. 좋은 말을 데리고 온 일이 우리 아들이 병신이 되는 나쁜 일의 원인이 되는 거고요.

어찌 보면 나비 효과 같은 거네요?

좋은 일, 나쁜 일들은 번갈아가면서 일어나는 거에 그치지 않고 나쁜 일이 좋은 일의 원인이 되기도 하고, 좋은 일이 나쁜 일의 원인이 되기도 해요. 지금 나쁜 일이 생겼다고 좌절할 게 아니라, 언젠가 좋은 일의 원인이 되기도 하는 거죠.

이종은 감독이랑 그런 얘기 많이 해요 이종은 감독도 큰 보험회사에 다녔어요. 거기 있었으면 지금보다 두 배는 벌었겠죠. 그런데 영화 감독은 못 되었을 거예요. 우리는 영화진흥위원회에 이름이 올라가 있어요. 감독과 프로듀서로 이름이 딱 올라가 있잖아요.

영광스러운 일이에요.

대기업 법무팀 다닐 때, 남들이 보면 막 멋있잖아요. 소송도 하고요.

상상해 보면 멋있죠.

생산 라인에 앉아서 계속 똑같은 일, 찰리 채플린의 영화 〈모던 타임즈〉에 나오는 것처럼, 제가 하는 일은 계속 나사만 조이는 거랑 같아요. 그런 느낌이에요. 새로운 소송은 잘 안 생겨요. 맨날 같은 소송이에요.

저는 자동차 손해배상 소송을 주로 했는데 손배 소송이라는 게 맨날 똑같아요. 교통사고가 나요. 보험회사에서 1억을 준다 하고 이 사람은 10억을 달라고 해요. 이걸 소송하는 거예요. 그 소송 끝나면, 그럼 또, 또 다른 죽은 사람이 와요. 그럼 또 그 소송하고. 한꺼번에 30개씩 와요. 이렇게 계속 소송 진행 중이고 어떤 건 끝나고 어떤 건 새로 오고… 계속 똑같은 일을 하는 거예요.

영화는 어쨌든 다 내가 만들잖아요. 창작이잖아요. 그래서 보람 있는 일인 것 같아요.

힘든 일도 많았는데, 프로듀서님에게 원동력이 되는 게 뭐가 있을까요? 창작의 원동력.

힘든 일이 무지 많죠. 돈이 없다던지 그다음에 중간에 제작하다 보면 무슨 사고들이 많이 나잖아요. 특히 뜻하지 않게 추가 지출을 해야 되는 일이 생기면 굉장히 속상하죠. 사람이 속 썩일 때도 있고 어려움이 있을 때도 있는데 그걸 계속할 수 있는 원동력은 글쎄, 결국은 작품이죠. 작품이 나왔을 때의 뿌듯함 때문이겠죠.

그 뿌듯함은 말로 다할 수 없겠네요.

말로 할 수가 없어요.

프로듀서님이 만든 작품 중에서 가장 추천하고 싶은 작품

〈시인 할매〉가 제일 좋아요. 네이버에서 보실 수 있어요. 〈시인 할매〉도, 하나님이 다 세팅해 놓고 우리를 거기로 불러서, 그렇게 만든 게 아닌가 싶어요. 작은 교회에서 있었던 일이거든요.

그곳 목사님이 정말 좋으세요. 다큐를 찍고 싶다고 사정을 얘기했더니 사모님 전화번호를 가르쳐줘요. 사모님이랑 통화를 했어요. 우리가 다큐를 만들려고 하는데 같이 했으면 좋겠다고 했더니 사모님이 덜컥 좋대요. 잘 됐다, 제가 한번 내려가겠습니다, 했더니 세브란스 병원 진찰을 받으러 서울에 와야 되니까 서울에서 보재요. 신촌 스타벅스에서 만났어요.

만났더니 "어떡하죠?" 그래요. 책을 낸 지 6개월이 넘은 시점이었거든요. 이 책 내기 직전에 우리도 아는 김모 피디가 다큐를 먼저 찍고 있었다는 거예요. 근데 3개월 찍고 나서 6개월 동안 완전히 스톱이래요. 그래서 김 피디한테 물어봤어요. 우리 영화, 진행이 안 되냐?

사정을 얘기하더라고요. 김 피디가 계속하겠다

고 하면 약속을 먼저 했기 때문에 그쪽하고 다큐를 찍어야 한다고 그래요. 그런데 김 피디가 사정이 생겨서 순순히 빠지게 되었어요, 결론은. 그래서 우리랑 제작을 하게 된 거예요.

〈시인 할매〉는 2019년 이후에 개봉했어요. 〈아침마당〉에서 연락이 왔어요. 개봉한다고 우리가 홍보를 하니까요. KBS 〈아침마당〉에서 아나운서도 울고 그랬어요. 사연이 너무 짠해요. 전 〈시인 할매〉가 너무 좋아요.

〈시인 할매〉는 제목만 들어도 무언가가 느껴져요.

〈시인 할매〉 보면 꼭 우는 장면이 있어요. 〈시인 할매〉를 100번은 봤어요. 편집할 때부터 시사회 개봉, 지금도 막, 한 장면에서 울컥해요.

그 장면 나오기 3분 전부터 속으로 다짐을 해요. '한두 번 보냐? 또 우냐.' 그래도 그 장면에서 눈물이 나와요.

〈시인 할매〉 이야기를 자세히 듣고 싶어요.

김선자 관장님이 전라남도 곡성군 입면 서복리라고 하는 작은 교회로 가게 되셨어요. 학교 끝나고 나서도 학원이 없으니 애들이 갈 곳이 없어요. 그래서 관장님이 아이들을 위해서 도서관을 만들어요. 그랬는데 교회 다니는 할머니들이 와서 보다가 목사 사모님이 혼자 노력을 하시니까 도와주겠다고 해요. 그래서 청소를 해줘요.

근데 애들이 책을 보고 거꾸로 꽂고 가요. 그래서 똑바로 꽂아달라고 할머니들께 부탁을 드렸더니 할머니들이 똑바로 꽂혀져 있는 책을 빼서 거꾸로 꽂는 거죠.

아, 글을 몰라서 그런 거군요.

네, 글을 몰라요. 그래서 할머니들에게 한글을 가르쳐 주기 시작하신 거예요.

글을 알려주려고 하신 분이나, 그 연세에 새로운 걸 배우려고 하신 그 할머니들이나 대단하신 것 같아요.

그렇죠. 할머니들이 시를 쓰게 된 것도 이런 이

유가 있었어요. 수업이 다 끝났는데, 할머니들이랑 공부할 책이 없는 거죠. 마땅한 교재가 없어요. 아이들 보는 동시가 짧잖아요. 시는 짤막짤막하니까요. 그래서 시집을 가지고 공부를 해요.

그러다 김 관장이 시를 직접 써보자고 해서 할머니들이 시를 쓰신 거죠.

글을 모르는 채로 평생 사시다가 이제는 글을 아는 세상에서 사시는 거잖아요.

김점순 할머니는 그런 얘기를 했어요. 영화에도 나오는 이야기인데 큰아들이 학교를 가게 되었어요. 초등학교 1학년이니까 받아쓰기 숙제가 있잖아요. 그럼 숙제하는 거 좀 봐달라고 그래요. 글을 알아야 봐주지. 아들한테 "엄마는 글 모른다" 이럴 수도 없으니까 "아빠 오면 아빠한테 봐달라"고 그래요. 그럼 아들이 자기 속도 모르고 뒤집어지고 울고 막 그랬대요.

할머니들에게 한글을 배운 다음에 뭐가 제일 좋으셨어요, 하고 물으니 고지서 볼 수 있는 거, 전기세를 내라는 건지 수도세를 내라는 건지 뭘 하라는 건지 알 수 있어서 좋았다고 그러셔요.

생활이 편해지신 거네요?

또 간판 글씨를 볼 수 있어서 너무 좋대요. 이게 뭐 하는 집이구나, 아는 거요. 전에는 그냥 고춧가루를 파니까 고춧가루 집이려니 하고 갔던 거죠. 그런 게 좋았다는 거예요.

슬프네요. 슬픈 내용이 아닌 것 같은데 할매들 사진을 보면서 얘기를 들으니까 더 눈물이 날 것 같아요.

엄청 보람을 느꼈죠.

영화가 DMZ 국제다큐영화제에 초청을 받았어요. 2018년에 국제영화제에 초청을 받고, 이런 세상이 있구나 하고 처음 알았지요. 개막제 때 우리 영화 상영하는 날, 할머니들을 초청했어요. 초청을 해서 극동방송에서 녹음 하나 하고, 할머니들 서울 구경을 시켜드렸죠. 그런 일을 하는 게 프로듀서니까요. 어떻게, 어디부터 어떻게 구경을 해야 할지도 모르겠고 스케줄도 빡빡했어요. 아침에 와서 영화제 보고 저녁 9시 기차로 가기로 했죠.

　서울역에 11시에 도착해서 그날 9시 기차로 다시 내려가야 하는데 DMZ 국제영화제는 고양시에서 하거든요. 일산에 가서 영화제를 해야 되니까, 뭘 했냐면 한강 유람선을 태워드렸어요. 한강 유람선에 가면 뷔페식으로 밥을 먹는 유람선이 있어요. 그냥 유람선도 있지만. 아주 비싸진 않아요.

본 적 있어요.

　이종은 감독은 영화제에 가고, 나만 서울역 가서 그분들 모시고, 봉고차에 탁 태워가지고 유람선으로 갔죠. 할머니들이 나만 보면 그 얘기를 해요, 아직도. 그거 또 먹고 싶다고요. 너무 인상 깊었나 봐요. 배에서 뷔페, 막 음식이 산더미처럼 있는데 그걸 먹으면서 한강을 이렇게 왔다 갔다 하니까요.

우리한테는 별거 아니잖아요.

　그런 기쁨들… 사소한 거에서 보람을 느껴요.

이런 것 때문에 다큐를 만드나 봐요.

그렇죠. 선하게 변하는 거. 이걸 보고 사람들이 선한 마음을 가질 수 있게 하는 게 가장 큰 보람이 아닌가 싶어요. 관객들이 그걸 보고 변하는 것도 좋지만 출연자들이 직접적으로 변하는 거, 그런 모습이 보람이 있었어요.

인터뷰를 하면서 제가 운 적은 처음이에요.

아니, 영화도 안 보고 울어요?

이야기만 들어도 슬퍼요.

한글이 얼마나 배우기 쉬워요. 어렸을 때 배우잖아요, 우리는. 이분들은 일흔이 돼서 배우신 거죠. 70살까지, 글씨를 모르고 살았다는 거예요.

그냥 살았을 수도 있잖아요. 이런 거 안 할래. 그러면서요.

그냥 살았어요. 이 사람들은 '아휴, 뭘 배우냐'

그러고 살았는데 이 할마시들 데리고 한글 가르치고요. 한글만 가르쳤나요? 책을 냈잖아요.

시를 모아서 시집까지 출간하는 건 보통 일이 아니죠.

네. 시집을 냈어요. 그리고 나서 동네 초등학교 독서반에 초청을 받았어요. 저자와의 대화. 그래서 저자로 방문해요.

양양금 할머니가 학교에 가요. 그 장면도 그 다큐에 나오는데 재밌어요. 관객들이 빵 터지는 장면이 하나 있어요. 애들이 책을 사 와서 사인을 해달라고 해요. 양양금 할머니 사인이 바로 이거예요. 요게 사인이에요.

왜 이거예요?

사인을 해달라니까 "어떻게 하는 거야?" 그래요. "그냥 이름 쓰시고 하면 돼요" 그랬더니 어디서 배우셨는지 이 동그라미를 치시더라고요. 이 동그라미를 칠 때 다 웃죠.

〈시집살이 詩집살이〉?

　　그 후에 그림책도 하나 냈어요.

그림도 배우시는 거예요?

　　배웠다기보다 할머니들끼리 모여서 그리는데
너무 재미있어 하세요. 어렸을 때 안 해본 걸 해보
니까 재밌대요.

그분들은 내내 힘들게 일만 하셨나 봐요. 요즘에 또 기획
하거나 제작하고 있는 작품 있으세요?

　　아무래도 계속해야 되니까, 하나는 비밀이에요.

어떤 장르인지만 알려주세요. 다큐죠?

　　다큐죠. 정치 관련된 거예요 또 하나는 작년에 콘
진원에서 1차 기획안으로 1,500만 원 지원받았
었는데 내년에 정식으로 제작 지원 노리는 작품,
이번 작품의 주인공은 외국인들이에요.

두 개를 열심히 찍고 있어요, 지금.

내년에 완성될 것 같아요. 둘 다. 다큐는 금방 끝나지 않아요.

그렇죠. 변수가 너무 많으니까요.

그렇다고 마냥 찍을 순 없으니까 적당한 지점에서 끊어줘야 하죠.

작품으로 꼭 하고 싶은 이야기가 있다면 뭐가 있을까요? 아직 못 다한 이야기. 세상에 던지지 못한 메시지?

동시대의 사람들 중에서 스포트라이트를 받지 못하는 사람들. 가령 한글을 뗀, 한글을 모르시는 할머니라든지, 장애인이라든지. 주로 그런 사람들 이야기를 많이 했잖아요. 그런 사람들 이야기를 계속해 보고 싶다. 그런 생각은 있어요.

사회적 약자 이야기에 관심이 많으시군요.

을들의 이야기들.

이 사람들도 우리 이웃이고, 이런 삶이 있고 이 사람들도 이런 데서 행복을 느끼고 이렇게… 이런 데서 슬픔을 느끼고 그런 그 모습을 그대로 보여주는 게 매력이 있는 것 같아요.

심지어 내가 아는 어떤 다큐 감독은 첫 한두 달은 아예 카메라도 없이 간대요.

가서 보기만 하는 거예요?

그냥 가서 이런저런 얘기하고, 어떻게 사시는지 옆에서 보고, 그냥 그렇게 계속 그러다가 그러다 카메라를 쓱 들고 간대요. 다큐 영화가 잘 나오려면은 출연자들이 카메라를 의식 안 해야 돼요. 카메라를 까먹어야 해요. 그런 지점에서 추천드리고 싶은 다큐, 재미있게 봤던 거는… 〈춘희막이〉.

〈춘희막이〉는 다른 분의 작품인 거죠?

맞아요. 두 할머니 얘기인데 예고편만 봐도 재밌어요. 두 할머니가 어떤 사이일까요?

자매일까요?

퍼스트와 세컨드.

할아버지는 돌아가시고요?

돌아가셨죠. 정말 짠한 사연이 있어요. 그러니까 퍼스트가 낳은 아들이 둘 다 죽었어요. 태풍에 하나 죽고 뭐 어렸을 때 병에 걸려 죽고. 아들을 낳아야 되니까 춘희라는 아줌마가 이 집에 와요. 근데 머리도 모자라고 돈을 셀 줄 몰라요. 한글도 당연히 모를 것 같아요. 아들만 낳으면 집에 보내는 걸로 약속을 하고 왔대요. 아기도 낳고 해서, 집에 보내야 하는데 막이 할머니가 그래요.

"차마 보낼 수 없더라."

왜요?

한마디로 바보 멍청인데 어떻게 다시 돌아가 살아요? 제대로 살겠나 싶어서 그냥 데리고 사는 거죠. 알고 보면 퍼스트 할머니가 세컨드 할머니를 얼마나 생각하는지 몰라요.

외국 다큐로는 〈서칭 포 슈가맨〉. 최고예요..

그 장면이 진짜 감동적이에요. 근데 이 사람이 청소부인데 성자예요, 성자.

다큐에 관심 있는 분이라면 꼭 보기를 권하는 작품이에요.

질문이 아직 많이 남았어요. 직업에 있어, 롤 모델이 있으신지 궁금해요.

다큐 영화판에 내 의지로 들어온 게 아니라 어떻게 하다가 갑자기 들어오게 돼서 사실은 롤 모델이 없어요. 그리고 프로듀서 중에 어떤 분이 유명한지도 사실 알지도 못하고요.

〈시인 할매〉 경우는 꽤 유명한 작품이잖아요. 만약에 작품이 딱 한 개만 더 유명해질 수 있다면, 대박 날 수 있는 기회가 온다면 뭘로 하실래요?

딱 하나만 확실하게 유명해지는 건가요?

그렇다면 그 얘기를 해야죠. 내가 만들고 싶어요.

〈시인 할매〉도 직접 만들었잖아요.

　　내가 감독하고 싶어요.
　　프로듀서들이 그런 꿈이 조금씩 있어요. 내가
직접, 내가 직접 촬영하고.

편집도 하고요?

　　편집도 하고요. 어쨌든 내가 직접 감독이 돼서.
그러니까 지금은 프로듀서로서 영화 만드는 것만
도와주고 있는데, 기회가 되면, 만약에 하느님께
서 딱 한 편 내가 히트치게 해줄게, 그러면 내가 감
독을 하고 싶어요.
　　영화판에서는 제작자이긴 하지만 조연이잖아요.
그래서 디렉터로 다큐를 만들고 싶은 꿈은 있어요.

곧 시도를 하시지 않을까요?

　　좋은 소재 만나면 작품은 그냥 나오는 거예요. 물
론 뭐, 잘해야 되겠지만. 소재 선정이 50% 이상이
죠. 극 영화는 시나리오가 좀 부족하더라도 그것

을 나중에 연출력이나, 연기자들의 연기력으로 커버가 가능한데 다큐는 소재가 50% 이상이에요. 좋은 소재 있으면 나한테 제보를 해주세요.

아직까지는 아, 이거다 싶은 게 없어요.

이제 마지막 질문을 드리도록 할게요. 제작자의 길을 걸을 후배들에게 꼭 해주고 싶은 말?

작품을 많이 보고, 영화제를 빼놓지 말고 참석, 참가를 하라고 얘기하고 싶어요.

부산국제영화제, 이런 곳에요?

그렇죠. 부국제나 DMZ 국제다큐영화제나 EBS 다큐 영화제 같은 데 기회가 된다고 그러면 배지를 얻어서 가보세요. 특히 다른 다큐 영화제들은 배지를 비교적 쉽게 줘요. 배지를 받는 건 관계자로 가는 거죠. 영화학과 학생들한테도 주고 하니까. 거기서 영화를 많이 보고, 그다음에 그 영화 만드는 사람들하고 이야기를 많이 해야 해요. 프로듀서의 첫 번째 덕목은 커뮤니케이션 스킬이에요.

다른 제작자와 감독과 출연자와 스태프들과 계속 커뮤니케이션 해야 되는 일이잖아요. 그래서 커뮤니케이션 스킬을 기르고, 경험을 많이 쌓아라.

특히 다큐 영화를 하고 싶다면 DMZ 국제다큐영화제는 절대 빼놓으면 안 돼요. DMZ 국제다큐영화제는 일주일 넘게 하는데 그 기간에는 가서 살아야 돼요. 영화제를 가면 GV라는 걸 해요. 관객과의 대화. 그때 프로듀서와 감독들 이야기를 들어볼 수 있는데, 그 이야기들 하나하나가 다 살이 되고 피가 되는 이야기예요.

영화제에 가면 좋은 기획안을 피칭하는 행사도 열리거든요. 그런 행사도 참가해서 다른 사람들은 어떤 주제를 가지고 고민하는지 살펴보는 거죠.

다른 다큐 감독들은 요즘 저런 작업하는구나, 다른 사람들이 무슨 작품 하는지 알게 되는 게 굉장히 도움이 되고 공부가 되더라고요.

실용적인 조언을 해주셨네요. 예를 들면 '이 길 가지 마라' 이럴 수도 있잖아요.

아, 그거 좋은 생각이죠. 가능하면 가지 말아야

죠. 돈이 안 되니까. 나도 여러 가지 갈 수 있는 길들을 안 가거나 옆길로 새거나 뭐 그랬잖아요. 남들이 부러워하는 삼성에 입사하고 젊은 나이에 사장이 돼서 사업도 하다가 쫄딱 망하고. 다양한 일을 해보니, 먹고살자고 하는 짓이잖아요, 이게 가장 비겁한 변명이더라고요. 다 먹고는 살죠.

흔히 하는 얘기가 있어요. 미국에서는 몸뚱이 움직이면 어떻게든지 번다. 하다못해 몸으로 때우는 일을 해도 하루에 10만 원 벌 수 있어요. 그러니까 먹고살기 위한 일을 하지 마세요.

하고 싶은 일을 해라?

먹고살기 위한 일은 하지 말고 하고 싶은 일을 했으면 좋겠어요. 그러다 인생 꼬이면 어떡하냐고요? 한 번 사는 건데 꼬임 어때요?

다시 풀면 되죠.

다큐 감독 하고 싶으면 해야죠. 내가 가끔 프로듀서나 방송 영상 제작 실무에 대해 강의도 해요.

지난 학기에도 강의했는데 항상 얘기해요. 영상 산업이 이렇고 이런 직업이 있고 뭐 이렇기도 한데, 돈 잘 버는 사람도 있고, 못 버는 사람도 있다고 솔직히 말해줘요. 그런데 돈 잘 버는 거 하지 말고, 네가 하고 싶은 일을 해라, 마지막에 꼭 하는 얘기가 있어요.

"실패하면 어떡하죠?" "장렬히 전사해라."

성공할 일만 하면요. 할 수 있는 일은 아무것도 없어요. 성공할지 어떻게 알아요?

뭐가 성공일까요? 성공, 그런 거, 없어요. 어떻게 살아야 될지 어떻게 알아요?

지금, 누구도, 아무도 몰라요.

박대규

캐스팅 작품

"이미지를
찾아
퍼즐을
맞추고
싶어요."

캐스팅 디렉터의 하루

am.08:00 때때로 유연하게

오늘은 캐스팅 진행하고 있는 드라마, 조연 역할 배우 오디션&미팅이 있는 날이라, 3시 반에 마포 연출부 사무실로 간다. 저녁엔 공연 관람이 예정되어 있다. 대학로에 가서 연극 〈불편한 편의점〉을 볼 예정이다.

am.10:00 출근 후 메일함 확인

혹시나 배우들이 보낸 프로필과 출연 영상 자료들 다운로드 기간이 만료되지 않았나, 늘 확인한다. 공용 서버에 현재 신인들, 주조연 배우들 경력사항을 업데이트한다. 점심시간 전까지 이 업무를 반복적으로 해야 한다.

am.11:50 점심 먹으며 아이디어 회의

때론 매니지먼트 기획사 매니저분들과 가끔 함께 먹기도 한다. 밥을 먹고 티타임을 하면서 요즘 작품 돌아가는 얘기를 잠깐 나눈다.

pm.14:30 마포 사무실로 출발

1층에서 미팅할 배우를 만났다. 함께 사무실로 간다. 긴장하지 말고 편하게 하라고 말을 걸었다.

pm.15:30 캐스팅 회의

나머지 배역에 어느 배우분들이 좋을지 회의를 하고, 연락할 배우들을 추려 메모 후 사무실로 돌아왔다

pm.16:30 배우들 스케줄과 개런티 체크, 미팅 가능 여부와 일정 조율

업무를 얼추 정리하고 공연을 보기 위해 대학로로 나선다

pm.18:30 대학로 공연장에 도착

오늘 출연하는 배우 초대로 공연에 오게 되어서 공연이 끝나면 인사를 나누기로 했다. 새로운 배우를 발견하면 좋겠다는 마음이 들어 두근거린다. 연기를 잘하는 배우를 보면 다음 작품에 꼭 캐스팅을 해보고 싶다고 생각하며 공연을 본다.

pm.21:20 공연장 앞에서 배우와 인사

공연장이 새 건물이라서 쾌적했다. 출연한 배우들의 합도 좋았고, 주변에 추천하고 싶은 공연이었다. 뒷정리를 끝내

고 나온 배우, 출연한 배우 두 명과 인사를 나누고 공연 얘기와 현재 진행하는 작품에 대해 잠깐 이야기를 나누고 헤어진다.

pm.23:00 집으로 돌아와 일정 정리

공연을 보고 정리해서 올려둬야 필요할 때, 찾을 수 있다. 오늘은 이동이 많았던 날이지만, 평소에는 회사-집 비슷한 패턴이다.

#함께 고민하는 사람에 대하여

첫눈이 내린다. 겨울이 성큼 왔음을 알리는 신호다. 그해의 첫눈을 맞는 것처럼 흔치 않은 기회, 흔치 않은 사람을 만나러 가는 길이다.

그를 처음 만난 건 무더운 여름이었다. 드라마에 출연하고 싶은 배우라면 누구나 캐스팅 디렉터에게 프로필을 보낸다. 메일 한 통을 보내면? 운이 좋아 작품에 리스트업이 되면 전화가 울린다. 그러나 그는 달랐다. 일 이야기만 건조하게 하고 전화를 끊지 않았다.

"언제든 저희 사무실로 오세요."

인사치레일수도 있는 말을 덥석 잡아 그가 일하는 사무실로 향했다. 캐스팅 디렉터란 나처럼 배역을 기다리는 배우가 쉽게 만날 수 없는 존재다. 보통은 전화 한 통으로 모든 배역이 결정되기 때문이다.

"이번엔 어렵겠어요." "다음에 다시 연락드릴게요."

늘 이런 전화만 받다가, 이날 처음, 다정한 한마디를 들었다.

그렇게 소중한 인연을 만난 날, 대화가 길어질수록 신기하고 놀라운 느낌을 받았다. 그는 배우를 평가하는 사람이 아닌, 배우와 함께 고민하는 사람이었다. 오디션 볼 때의 기준, 연기의 방향, 필모그래피 전략 같은 것들을 내게 가르치려 하지 않았다. 대신, 한 명의 사람, 배우로서 나를 바라보며 대화를 주고받았다. 그 순간, 배우와 캐스팅 디렉터 사이의 벽이 허물어지는 듯했다.

"자주 만날 수 없는, 좋은 사람이다."

그때부터였다. 배우라는 타이틀을 내려놓아도 만나고 싶은 사람. 캐스팅 디렉터, 한 명의 직업인으로서 그의 시선과 생각이 궁금해졌다. 그래서 이번엔 배우가 아닌 인터뷰어로서 그를 마주한다. 배우라면 누구나 알고 싶은 이야기, 배우를 꿈꾸는 사람이라면 꼭 들어야 할 이야기, 캐스팅 디렉터로서 그만의 철학과 신념.

그렇게 그를 다시 만난 오늘, 따뜻한 찻잔을 손에 감싸 쥐고 숨을 고른다. 기다렸고 궁금했던 이야기가 술술 흘러나온다.

어디서 오시는 길이에요?

사무실에서 왔어요. 10시 출근, 7시 퇴근이에요.

직장인이랑 비슷하네요.

거의 똑같죠.

근무시간은 비슷한데 하는 일은 확연히 다른 것 같아요.

컴퓨터 앞에 앉아 전화하고 작업을 하고요. 똑같은 일의 반복, 새로운 일들의 반복이기도 해요.

이제 무슨 일을 하시는지 소개해 주세요.

(웃음)저는 CNA 에이전시에서 드라마 캐스팅 디렉터로 일하고 있는 9년 차, 박대규 실장이라고 합니다.

캐스팅 디렉터는 배우들한테 익숙해요, "캐디님, 캐디님" 하잖아요. 근데 감이 안 오는 분도 있으실 것 같아요. 정확히 어떤 일을 하신다고 보면 될까요?

캐스팅 디렉터는 한마디로, 드라마를 제작하고 만드는 과정에서 배역을 캐스팅하고, 후반작업, 후시녹음 등 드라마 제작이 완료될 때까지 필요한 배우들을 섭외하는 직업이에요. 드라마 제작을 팀으로 나누면 연출팀, 제작팀, 조명팀, 동시팀, 헤어팀, 분장팀, 의상팀, 현장섭외팀, 그 외 각각 파트별로 팀이 많은데 저는 배우들을 캐스팅하고 있어요.

작품 안의 굵직한 배역부터, 지나가는 역할까지 다 책임지고 캐스팅하시는 건가요?

지나가는 역할은 보조 출언만 섭외하는 회사가 따로 있어요. 예를 들면 뒤에서 환호성을 지르거나 길가에 걸어가는 사람들, 카페에 앉아 있는 사람들 등등이요.

원샷 받는 배우들은요?

직접 캐스팅해요. 또, 대사는 없지만 표정 연기, 리액션 연기를 해야 하는 배우들을 이미지 단역이라고 하는데, 그런 역할까지 저희가 담당하죠. 드라마 속 뉴스 화면의 앵커나, 라디오 목소리, 필요한 음성 더빙하는 것까지도요.

캐스팅해야 하는 인물의 숫자가 어마어마하겠는데요. 한 작품에 대략 몇 명을 캐스팅하게 되나요?

미니시리즈 기준으로, 한 회 분량에 대략 30명 정도 캐스팅해야 하는 경우도 있죠. 적게는 5명 미만도 있어요, 드라마마다 다르긴 하지만요. 어떤 드라마는 주조연 배우들로 집중하기에 단역이 없는 드라마도 있어요. 보통 16부작 기준 평균 배역 수는 120~150명 정도 되지요. 요즘 OTT에서 8부, 10부 이렇게 짧은 드라마 제작도 많이 하다보니, 내용이나 장르마다 천차만별이에요.

아, 사극은 유독 단역 배우들이 많이 필요해요.

사극은 캐릭터가 워낙 많거든요.

이를테면 왕, 왕비, 내관, 상궁, 궁녀, 군관, 영의정, 좌의정, 내의관, 기생, 기녀 등등. 사극은 현대극보다 1.5배 이상 배역이 있다고 봐야 해요.

사극에 자주 나오는 저잣거리 장면 있죠? 그 신에 들어가는 보조 출연자분들도 많이 필요하죠. 사극 드라마 캐스팅할 때는 그에 맞는 이미지를 먼저 보는데요. 일단 염색하신 분은 제외해요. 남자분들은 수염이 있는지 확인하고 성형을 많이 한 분들은 지양하면서 캐스팅을 진행합니다.

그동안 어떤 작품들을 맡으셨는지 궁금해지네요!

2016년부터 캐스팅을 했는데, 처음했던 작품이 〈그래, 그런거야〉, 그다음 〈워킹 맘 육아 대디〉, 〈운빨로맨스〉, 〈미씽나인〉, 〈밥상 차리는 남자〉, 〈으라차차 와이키키〉, 〈붉은 달 푸른 해〉, 〈알고 있지만〉, 〈소용없어 거짓말〉, 〈춘화연애담〉….

진지한 표정으로 손가락 하나하나 접으며 끝없이 말하는 그를 보며 잠시 멍해졌다. 다 기억하고 있다니? 그만큼 본인이 캐스팅했던 작품에 대한 애정과 책임감이 크다는 게 느껴졌다.

엄청 많네요.

현재 하고 있는 작품까지 합치면 29~30개 정도네요.

전부 외우고 계시는 걸 보니, 작품에 대한 애정이 느껴져요. 드라마 매 화가 끝날 때 엔딩 크레디트에 캐스팅 디렉터의 이름도 올라가잖아요. 그땐 기분이 어떠세요?

그때 나오는 이름 세 글자, 그 하나를 보기 위해서 일한 것처럼 뿌듯해요. 드라마 사전 작업이 6개월에서 8개월, 길게 1년까지 진행되는데 저희가 일한 걸 검증받는 방법은 마지막 엔딩 크레디트, 그 짧은 순간밖에 없어요. 보통 시청자들은 드라마 속 배우 얼굴이나 내용을 기억하지 "저 배우 누가 캐스팅했을까?" 이런 얘기를 하진 않잖아요.

그렇죠. 보통 감독님이 캐스팅하는 줄 알더라고요.

감독님이나 작가가 섭외하는 걸로 생각해요. 저희는 뒤에서 일하는 거죠.

이 책을 보는 독자들은 캐스팅 디렉터가 배우를 섭외한다는 걸 확실히 알게 되겠어요! 캐디님은 본인이 참여하는 작품을 다 보시나요?

첫 방송은 무조건 본방 사수를 하고, 만약 못하면 다음 날 모니터링을 해요. 제가 캐스팅한 배우가 어떻게 나왔는지, 편집이 된 부분은 없는지 확인을 꼭 하죠. 그래야 마음이 편해요.

그 많은 프로필 속에서 어떻게 드라마 속 캐릭터에 적합한 인물을 찾아내시는지 궁금해요.

키워드로 메모해 둬요. 예를 들면 키가 유독 큰 친구는 키가 크다고 메모를 해놓고, 특기가 있다 하면 특기 메모에 축구, 농구, 배구 이런 식으로 적어놓는 거죠. 나중에 그 키워드로 검색해서 바로 찾을 수 있게끔. 요즘 해시태그를 많이 쓰잖아요. 디렉터들도 해시태그처럼 메모해 놓고 나중에 검색해서 빠르게 찾을 수 있게 자기만의 메모를 해 놓는 것 같아요.

갑자기 궁금해지네요. 저는 뭐라고 메모해 놓으셨을까요?

우주 님이 몸선이 아름다우니깐, 프로필을 저장하면서 파일명에 #몸매 표기를 해놨어요. 몸매가 부각되거나 관능미를 보여줘야 하는 역할이 생기면 바로 찾을 수 있게요. 그래서 기생 역할이 필요할 때 우주씨를 빨리 찾고 연락할 수 있었죠.

혼술 때문에 요즘 들어, 나온 아랫배가 신경 쓰이기 시작했다. 코로 숨을 깊게 내쉬며 아랫배를 등쪽으로 최대한 밀어넣으며 인터뷰를 진행한다.

몸매 관리를 꾸준히 해야겠네요. 혹시 일반인들을 볼 때도 저 사람은 어떤 캐릭터에 어울리겠다, 이렇게 추측하는 직업병이 있으실까요?

사람들 관찰하는 게 은근한 취미이자 직업병이

된 것 같아요. 주변에서 흔히 볼 수 있는 택배기사님, 카페 알바생, 편의점 주인, 식당 이모님, 등등 그분들의 생김새와 행동을 유심히 보고 그 이미지를 머릿속에 저장해 둬요. 사람마다 특징이 한두 개씩 꼭 있기 마련이거든요. 무섭든 귀엽든 체형이 두껍든 기타 등등….

어딜 가나 사람 관찰하는 게 습관이에요.

재밌는 취미인데요? 곧 10년차가 되시잖아요. 어쩌다가
캐스팅 디렉터의 길을 걷게 되셨나요?

서른다섯 살이 되던 해였어요. 친한 친구한테 사기를 당해서 있던 돈을 모두 날렸죠. 당장 써야 할 생활비도 없고 마음은 쓰렸어요. 그래도 살아야 하니까 고정적인 직업을 찾기 시작했어요. 사실 연기를 했었거든요. 배우라는 목표를 바로 접기가 힘들어서 이쪽 직업을 찾기 시작했어요. 광고 에이전시, 영화 제작부, 영화 연출부 등등… 그러던 중에 저를 자주 캐스팅 해주셨던 곳, 지금 회사 CNA 에이전시에서 연락이 왔고 일을 시작하게 되었어요. 늦은 나이일 수 있는 서른다섯에 수습

직원으로 일을 하게 되었어요.

그런 일이 있으셨군요. 캐스팅을 하면서 힘들었거나 기억
에 남는 일이 있다면요?

그런 일 정말 많죠. 제일 기억에 남는 게 일 시
작한 지 3개월도 안 됐던 때예요. 일일드라마를 맡
았는데 고정으로 나오시던 선배님이 가족들하고
해외여행을 가셔야 된다고 미리 알려주셨어요. 근
데 그 일정을 조감독님한테 제가 잘못 알려 드린거
에요. 한 달 뒤 일정을 두 달 뒤 일정으로요. 스케줄
표 보고 전화를 했더니 해외로 걸려요.

"선배님, 설마, 해외인가요?" "대규 씨 , 제가 알
려드렸잖아요."

어떻게 해요?

프랑스에 가신 거예요. 다음 주 촬영인데. 그때
일일드라마는 무조건 일주일씩 찍어내는 시절이었
어요. 제가 날짜 타이핑을 하면서 오타를 낸 거죠.

"죄송한데 지금 들어올 수 있으세요?"

당연히 못 온다고 하시죠. 조 감독님한테 얘기했더니 그때 국장님께서 방송국으로 당장 들어오래요. "이 사태를 어떡할 거냐?" 국장실까지 들어가서 무릎 꿇고 사죄했죠. 퇴사하고 싶었는데 퇴사도 못 하게 했어요.

어디 도망가냐, 끝까지 마무리 해라 그래서 의상 다시 렌트하고 세트 다시 지어서 다른 배우로, 다시 모든 걸 촬영했던 일이 있었어요. 완전 죄인이었죠. 드라마 끝날 때까지 너무 힘들었던 작품이지만, 그 이후로 더블 체크하는 습관이 생긴 작품이기도 해요.

듣기만 해도 아찔하네요. 배우가 속상하게 한 적은 없나요?

속상하게 한 배우라… 너무 많아요.(웃음)

가장 기억에 남는 사건이라면요?

NG 내는 분들도 많았지만요. 촬영 당일에 갑자기 연락이 안 된 적도 있어요. 수백 통 해도 전화를 안 받아요. 조감독이 난리가 나서 왜 안 오냐 하죠. 연락이 오지 않아서 보조 출연자가 대사를 했어요. 전문 배우가 아니니 대사를 읽듯이 하고. 감독님한테 엄청 혼났죠. 세 시간 후에 연락이 왔는데, 교통사고가 났대요. 믿을 순 없지만….

하… 사고가 났다는데 뭐라 할 수 없고….

그 이후엔 배우들에게 전날에 확인하고 현장 도착하면 도착 문자 달라고 해요. 한 번 더 체크하는 버릇이 생겼죠.

이런 일에 대해 계약서를 쓰지 않나요?

임의적으로 펑크를 내면 안 되지만 미리 계약서를 작성하는 일이 많이 없었어요. 지금은 표준 방송근로계약서로 미리 전자 서명을 하고 있는데 그 제도가 도입된 지 3~4년 정도 밖에 안 됐죠. 그 당시에는 촬영을 완료하고 계약서를 작성하는 게 암묵적인 룰이었어요.

그래서 계약서도 없고 배우가 사고가 났다고 하면 어쩔 수 없이 넘어가는 상황이 돼버리더라고요. 다 제 잘못이 되어버리죠. 그런 배우를 촬영장에 내보낸 잘못이 되어버리는 거예요.

그런 일이 있었으니, 한 번이라도 같이 일해 본 배우만 계속 캐스팅 하게 되겠네요.

그렇죠. 이미 했던 배우하고 계속 일하는 이유가 있어요. 신뢰를 쌓았으니 이 배우는 절대 실망시킬 일 없다, 믿게 되는 거에요. 아, 갑자기 생각났어요, 속상하게 한 배우 TOP 2! NG왕.

NG왕이요?(터짐) 마냥 웃을 수 만은 없네요.

NG가 열 번이나 났어요.

단역에서요?

그분 머릿속이 화이트가 된 거죠. 거기에 감독

님이 몇 번 혼을 냈더니 머릿속이 더 하얘져서 얼굴까지 화이트가 되고요. 어느 정도였냐면, 현장에서 조감독님이 결국 저를 부르셨어요. 한 시간째 세 줄 대사를 가지고 이런다고요.

아… 대사가 어려웠나요?

어렵지 않았어요, 이 정도는 충분히 할 수 있을 거라고 생각해서 캐스팅 했던 거거든요. 현장을 가보니 난리가 나 있고 감독님은 저를 보자마자 쌍욕을 하시고….

왜 욕을 하실까요?

그 배우를 추천하고 캐스팅 리스트에 올렸다는 것 자체에 화가 나신 거에요. 제가 배우 보는 눈이 부족해서 거르지 못했다면서 나무라시는 거죠. 하루종일 안 먹어도 배가 불렀어요. 소화도 안 될 정도로 욕을 하도 많이 먹어서.

물론이죠. 바로 다른 배우분으로 바뀌었어요. 그렇게 마무리했습니다.

마지막은 현장에 지각한 배우예요. 오는 길에 차가 너무 막혔대요. 아주 당당한 태도로 "차가 막힌 걸 어떡해요!" 이러는 거에요!! 결국 또 조감독한테 불려서 현장에 갔죠. 다른 배우들이 한 명의 배우를 위해 모두 기다렸다고 하시고… 또 혼났죠.

네. 요즘엔 바빠져서 자주 못 갔는데 예전에는 자주 갔었어요. 지금도 첫 촬영이랑 마지막 촬영은 꼭 가고요, 중간중간에 단역분들이 많이 들어가는 신이 있거나 촬영지가 사무실과 가까우면 가서 현장 분위기가 어떤지 둘러보는 편이에요.

매일매일 그만두고 싶었어요. 그 시절엔 시스템이 거의 생방송 수준이었거든요. 이번 주에 미니시리즈 드라마 촬영한 분량이 다음 주 방송에 나가고, 사흘 전 촬영한 분량이 모레 방송이 되고. 편집기사님들이 녹화테이프 들고 이리저리 후반 작업 다니면서 편집하고 종편실에 내고 그런 시절이었어요. 드라마 대본이 15부, 16부는 쪽대본으로 나오는 시절이었죠. 업무가, 끝이 나질 않았던 거 같아요. 드라마 세 개를 동시에 맡았었거든요? 미니시리즈 16부작, 주말 드라마 50부작, 일일 드라마 100부작.

그러다 보니 일주일마다 읽어야 할 대본량이 약 15회 정도? 그러고 나서 캐스팅을 하니 야근의 야근이죠. 제 시간이 거의 없었어요. 잠도 제대로 못 자고 주말, 휴일도 없으니 온전히 휴식을 취할 수도 없었고요.

육체적, 정신적으로 너무 힘들어서 그만둘까 늘 생각했죠. 이 작품만 마무리하고 그만둬야지 하다가 다음 작품 또 맡게 되고… 그러다 지금까지 온 것 같습니다.

쪽대본, 전 아직 받아본 적 없어요. 감사하네요.

저는 그 시절부터 일을 했었기 때문에 쪽대본 많이 봤어요. 예를 들면 미니시리즈 같은 경우에 작가님이 시청자들의 반응을 보고 한창 촬영 중인 역할을 갑자기 죽이거나 분량을 늘리거나 하는 상황이 비일비재했어요. 촬영이 당장 다음 날인데 대본이 없어서 촬영 당일 오전에 쪽대본으로 다섯 장, 두 시간 뒤에 여덟 장, 이런 식으로 촬영했던 경우도 있었죠. 한 번은, 조감독님이 밤 12시즘에 전화를 주셨어요.

"디렉터님, 내일 오전 7시, 기자 역할 하나, 식당 아줌마 역할 하나, 여의도 3번 출구 앞에 미리 대기시켜 주세요. 대사량은 몰라요."

그 역할이 어느 정도의 대사 분량인지 어떤 캐릭터로 캐스팅을 해야 하는지도 모른 채 무조건 연기 잘하는 배우를 찾아야 하는 거에요. 급 벼락치기 캐스팅을 하는 거죠. 그렇게 그 당시 캐스팅

할 땐 거의 잠을 제대로 못 자고, 24시간, 매일, 긴장 상태로 일을 했어요.

배우도 힘들고 캐스팅 디렉터도 힘든 시스템이네요.

도망가고 싶었어요. 버티고 버티니까 좋은 촬영 시스템과 환경이 온 거죠. 사전 제작 시대. 요즘엔 작가 계약서를 써요. 무조건 촬영 종료 한 달 전에 총대본 원고 완료. 대본이 미리 나오죠.

배우한테도 캐스팅 디렉터한테도 시청자분들한테도 좋은 시스템 같아요!

맞아요. 제 입장에서는 미리 대본 보고 캐스팅 완료할 수 있고. 배우들은 준비할 수 있는 시간이 생기고, 시청자분들은 퀄리티 높은 작품을 볼 수 있으니까요.

이전에는 드라마 내용 흐름이 바뀌는 경우도 허다했어요. 촬영을 다 못해서 신을 날려버리니, 방송 전 사과문 방송도 가끔 나오고요. 드라마 마지막에 내용이 이상해지는 경우도 종종 있었어요.

생각나네요. 결말이 아쉬웠던 드라마들이 있었죠. 속상했던 이야기를 했으니 이제 캐스팅 디렉터로서 뿌듯했다 느꼈던 일들도 이야기해 볼까요?

저의 첫 캐스팅으로 데뷔를 하고 지금은 누구나 아는 대배우가 된 분들이 몇 명 있어요. 그분들 보면 처음에는 연기가 어색해서 감독님께 쓴소리도 많이 들은 걸로 알고 있거든요. 지금 잘된 모습을 보면 '내가 보는 눈이 있구나~' 하면서 혼자 웃죠. 그리고 제가 캐스팅에 참여했던 작품이 시청률 대박이 난 적도 있어요. 추가 연장 방송도 하고 포상 휴가까지 다녀온 작품이 있어요. 그럴 때 너무 보람 돼요. 좋은 대본과 훌륭한 감독님과 멋진 배우분들과 함께 좋은 결과를 만들어 낼 수 있다는 것, 그럴 때 이 일 하기를 정말 잘했다는 생각이 들어요.

보통 작품을 맡으시면 같은 시기에 몇 개 정도 하시나요?

동시에 네 개까지 맡은 적도 있어요.

그럼 헷갈릴 것 같은데요?

　　맞아요, 대본을 보면 아까 본 작품의 그 캐릭터
랑 겹치고 겹치고…. 가끔 헷갈리는 거예요. 많이
할 때는 주말드라마 토, 일요일 방송, 일일 드라마
는 주 5일 방송, 미니시리즈 두 개가 또 수목에 방
송을 했으니 과부하가 걸릴 수밖에 없는 거죠. 요
즘은 대본이 미리 나오고 촬영 제작도 꽤 여유로
워서 괜찮은 편이에요.

대본 분석도 캐스팅에서 중요한 일 중 하나네요?

　　그렇죠. 단역이 왜, 어떻게 나오는지 체크해야
되고 어떤 캐릭터들이 나오는지 분류를 해둬야 해
요. 여러 작품을 하면 가끔 각 드라마의 조감독님
이 누구였는지도 헷갈려요. 그러니까, 여러 작품
마다 단톡방이 있는데 여기 단톡방에 올려야 하는
공지를 다른 드라마 단톡방에 올린다던지, 그런
실수가 종종 있어요.(웃음)

프로필 분류부터 촬영 일정 등 무조건 메모를 습관화하고, 컴퓨터 바탕화면에는 드라마 목록별 일정이 한눈에 볼 수 있게 정리되어 있어요.

저도 캐스팅 디렉터라는 직업을 전혀 모르고 있었어요. 그냥 전화하고 프로필 전달하고 그러면 되지 않을까? 쉽게 생각하고 접근했던 것 같아요. 일을 하다 보니까 컴퓨터 문서 작업도 꽤 많고 엑셀, 파워포인트, 동영상 편집 등 기본적으로 컴퓨터를 잘해야 해요. 통화를 자주 하는 직업이니 언변도 좋아야죠. 우리가 하는 일이 제작사와 연출부와 배우의 삼각관계를 융화시켜서 배우와 제작사 간에 출연 금액도 조율해 줘야 되거든요. 연출부한테는 배우의 연기 실력을 잘 설명해 줘야 되고. 이 삼박자를 잘 맞추는 능력이 필요해요.

"연기 잘하는 사람 캐스팅 했다! 끝!" 이게 아니네요. 출
연료 같은 중요한 부분까지 관여를 하는군요.

네, 개런티가 높은 배우분들에게 조율해 달라고
애교 있게 말도 해야 하고 센스까지 있으면 좋죠.

사회생활 만렙이어야 가능한 직업 같아요.(웃음) 혹시 오
디션 보고 배우를 직접 뽑기도 하시나요?

그렇죠. 새로운 드라마가 들어가기 전에 감독
님이 "잘하는 배우들 있으면 추천해 주세요. 미리
체크해서 알려주세요!" 하면 제가 미리 배역에 적
합한 배우분들 프로필을 찾아서 오디션을 봐요.
거기서 연기 잘하시는 분들 추려서 감독님이 직접
보는 2차 오디션까지 연결하는 작업을 매번 하는
데 한동안 코로나 때문에 못 했었죠. 코로나 때문
에 비대면으로만 오디션을 진행했다가 근래에 다
시 대면 오디션을 하고 있어요.

오디션 볼 때 주연, 조연, 단역 모두 따로 보나요?

주연은 오디션이 없고요. 주연 배우들한테는 제작 들어가는 시놉시스와 대본을 담당 기획사 통해서 먼저 검토해 달라고 전달하죠. 그 배우분들이 선택을 하면 함께해요. 조연분들도 대본을 먼저 보내드리는 경우가 꽤 많아요. 검토하고 저희한테 피드백 주시면 감독님과 실물 미팅 하고 픽스가 되죠. 조단역부터는 오디션을 봐요. 그래서 역할 오디션을 보고 최종적으로는 감독님이 컨택을 해요.

기억에 남는 오디션 지원자가 있었는지 궁금해요. 좋은 쪽으로든 뭐든.

기억에 남는 지원자 있어요. 술집 아가씨 역할이었는데 소품을 다 들고 오디션장에 왔어요.

소품이라고 하면 술인가요?!

술을 또로록 따는 소리가 들리는데 그걸 따서 마시고 연기를 하는 거죠.

역할의 비중은요?

한 회 나오는 단역이었어요.

대사가 꽤 있었어요. 주인공과 술을 마시는 임팩트 있는 신이어서 피디님이 그 역할은 연기 잘하는 배우가 했으면 좋겠다고 하셨었죠.

오, 궁금하네요. 합격했을지!

너무 자연스럽게 잘해서 칭찬받았고 합격도 했어요. 취할 수 있으니, 다음엔 그러지 마라고 했죠. 메소드 연기를 하고 싶으셨다고 하지만 오디션장에선 호불호가 있을 수 있으니 참고만 하세요.

참고만 하겠습니다! 그럼 단역이랑 조단역 위주로 오디션을 보는 지원자분들에게 꿀팁을 준다면요?

정형화된 주인공들 대사로 연기하는 분들이 많아요. 근데 그분들의 연기를 절대 이길 수 없어요. 왜냐하면 우리에겐 주인공이 연기한 모습이 이미 머릿속에 각인되어 있으니까요. 자기만의 연기 스타일로 다르게, 혹은 캐릭터를 자기화시켰으면 좋겠는데 그게 아쉬워요. 열 명한테 대본을 주고 지켜보면 여덟 명은 비슷하게 해요. 화내거나 울거나. 근데 두 명은 다르게 해석을 해서 신선한 궁금증을 안겨주더라구요. 그게 합격 요인이 되지요.

캐릭터를 다르게 분석도 해보고 이렇게도 해보고 저렇게도 해보면서 여러 가지 시도를 해봤으면 좋겠어요. 정형화되지 않고 틀에 박히지 않는. 그게 꿀팁인 것 같아요.

지금까지 약 30여 개의 작품을 하셨는데 그중 추천하고 싶은 작품이 있다면요?

제일 기억에 남고 추천하고 싶은 건 〈으라차차 와이키키〉예요.

이유는요?

매회 에피소드 방식으로, 특별 출연이 들어가는 드라마였어요. 그래서 캐스팅으로 고생은 했지만 재밌게 작업했던 작품이기도 해요. 진짜 키득 키득 거리면서 읽었던 대본이라 즐기면서 캐스팅을 할 수 있었어요. 거기다 남,여주인공으로 나왔던 이이경 배우, 김정현 배우, 고원희 배우가 캐릭터를 너무 잘 살려서 줬어요. 특히 고원희 배우 역할 별명이 츄바카인데, 수염이 계속 자라서 항상 면도를 해야 하는 어려운 캐릭터였거든요. 너무 잘 소화해 줘서 방송 후 재밌다는 댓글들이 쏟아졌어요. 후속 2편이 제작될 만큼 많은 사랑을 받았어요.

꼭 봐야겠네요! 혹시 캐스팅 디렉터도 은퇴 시기가 있나요? 딱히 없다면, 언제까지 이 일을 하고 싶으세요?

최근 OTT, 종편 채널 현직 감독님들의 연령대가 많이 낮아졌어요. 30대 중후반 감독님들도 꽤 있으시죠. 제가 생각하는 캐스팅 디렉터의 수명은 향후 7~10년 정도예요. 신선한 배우들을 많이 찾는 게 큰 쟁점일 텐데 제가 나이가 들수록 배우 보는 안목이 떨어지게 될까 봐 그게 걱정이죠. 그래도 최대한, 힘 닿는 데까지, 캐스팅 디렉터로서 힘을 내보겠습니다.

모든 일이 그렇지만, 캐스팅 디렉터라는 직업이 여기저기 치여서 스트레스를 많이 받을 것 같아요. 본인만의 해소법이 있으세요?

스트레스 해소법이라면, 일단 좋아하는 음식을 먹으러 가요. 육식파여서 구워 먹는 고깃집을 가죠. 고기 엄청 먹고 가서 푹 자요. 그리고 주말엔 등산이나, 볼링을 해요.

헬스 트레이너 같은 느낌인데, 역시 운동이 답이었군요!

(웃음)감사합니다. 등산을 너무 좋아해요. 제주 한라산을 총 네 번 완등을 했고요, 볼링도 좋아하는 취미 중 하나인데 퍼펙트(올스트라이크)를 한 번 쳐봤어요. 볼링도 일주일에 한두 번씩 정기모임 나가서 스트레스를 풀곤 해요.

쉬는 날엔 늘 나가서 에너지를 충전하는 스타일이에요. 바다도 좋아해서 드라이브 겸 강원도 속초, 강릉으로 자주 떠나요.

캐스팅 디렉터, 이 직업이 주는 의미는 뭘까요?

처음에는 얼떨결에, 막연하게, 생계를 위해 시작한 직업. 지금은 작품을 끝낼 때마다 성취감을 주는, 엄청 매력적인 직업.

그렇다면 직업적으로, 롤 모델이 있으신가요?

롤 모델은 저희 회사 조훈연 대표님이세요. 드라마 캐스팅 업계 1세대, 현재 매니지먼트 관계자 대표분들은 저희 대표님 모르시는 분이 없을 정도로 선두 주자이세요. 작품 수도 100편 넘게 캐스팅을 하셨으니까요. 대표님은 캐스팅뿐만 아니라 제작도 하고 계세요. 안주하지 않고 계속 도전하시는 모습이 멋진 거죠. 저도 먼 훗날 제작자 박대규로 소개될 날을, 기대하고 있습니다.

이 질문을 끝으로 디렉터님 좋아하시는 고기 먹으러 가죠. 캐스팅 디렉터의 길을 걷고자 하는 분들에게 한마디 해주세요.

그동안 일하면서 제 주변에 종종 "캐스팅 디렉터가 되고 싶다"는 친구들이 있었어요. 외부에서 보기에는 매력적인 직업으로 보이고, 연예인들과 자주 만날 수 있어서 그런 것 같아요. 어찌 보면 빛 좋은 개살구처럼, 저희만의 고충이 있거든요.

한 가지 예를 들면, 많은 배우 지망생 혹은 배우 분들이 제 연락처를 알고 있어요. 종종 밤 12시, 새벽 2시, 카톡으로 프로필 지원하고 술 취해서 전화하고 주정부리는 분들이 있어요. 영상을 꼭 새벽에 카톡을 보내요. 따끈따끈하게 편집을 했다면서요. 너무 뜨겁나 보죠.(웃음) 이런 분들이 주는 불편함과 스트레스가 있기도 해요. 화려한 부분만 보고 접근하지 않으셨으면 좋겠어요.

대신, 긍정적으로, 너그러이, 대수롭지 않게 넘길 줄 아는 분들에게는 추천합니다!

본인이 캐스팅한 배우가 연기 잘하는 모습을 보거나, 자신이 맡은 작품의 완성도가 높을 때 "와! 캐스팅 딱 맞게 잘했어" 이런 뿌듯함, 또 보람된 직업이기도 하니까요.

마지막 꿀팁까지, 감사합니다. 독자들에게 마지막 인사와 향후 계획 부탁드려요.

캐스팅 디렉터에 대해 잘 설명을 드린 걸까요. 여전히 모르겠네요. 제가 하고 있는 전반적인 일들과 함께 10년 가까이 디렉터 생활을 하며 겪었던 일들을 드렸는데요. 이 책을 통해 캐스팅 디렉터라는 직업을 조금이라도 알게 되신다면 너무 좋을 거 같아요.

드라마를 보실 때마다 저를 기억해 주세요!

"여러 가지 시도를 해보세요.

틀에 박히지 않는 연기를 위해서요."

기꺼이 마음을 열고 나눈 시간

어떤 이야기는 쉽게 꺼내어질 수 없습니다. 어떤 기억은 말로 담아내기엔 벅차고, 어떤 감정은 오랜 시간 눌러두었던 만큼 조심스럽습니다.

그럼에도 불구하고 우리는 마주 앉아 이야기를 나누었습니다. 서로 다른 길을 걸어왔지만, 결국 같은 질문 앞에 서 있었습니다.

"이 길을 끝까지 걸어갈 수 있을까?"

"내 선택은 옳았을까?"

인터뷰를 하며 많이 웃었고, 때로는 예상치 못한 대답에 가슴이 저릿했습니다. 어떤 이야기는 가볍게 흘러나왔고, 어떤 기억은 한참을 망설이다 겨우 입술을 떼었습니다.

누군가는 자신 있게 자신의 길을 이야기했고, 누군가는 여전히 불확실함 속에서 고민하고 있었습니다. 그렇게, 우리가 하나둘씩 꺼낸 이야기들이 쌓여 한 권의 책이 되었습니다. 책 속에는 치열했던 날들, 망설이던 순간들, 그럼에도 불구하고, 멈추지 않고 걸어온 발자국들이 가득 담겨 있습니다. 무대 위에서, 작업실에서, 글을 쓰는 책상 앞에서, 선택의 기로 앞에서 자신과 싸워온 사람들의 이야기입니다.

책이 나오기까지 많은 분들의 손길이 닿았습니다.

무엇보다, 아이디어를 제안해 주시고, 말이 기록이 되어 더 많은 이들에게 가닿을 수 있도록 끝까지 함께해 주신 느린서재에게 깊이 감사의 인사를 드립니다.

원고를 써 내려가며 방향을 잡아갈 때, 인터뷰 하나하나를 정리하고 다듬어갈 때, 각자의 길을 묵묵히 걸어가고 있는 사람들에게 조금이라도 위로와 응원이 될 수 있게 도와주신 덕분에 이 책이 나올 수 있었다고 생각합니다.

출판이라는 과정이 하나의 '기록'이 아닌, 누군가에게 닿을 '목소리'가 될 수 있도록 세심한 관심과 따뜻한 배려를 보내주신 그 마음에 감사드립니다.

바쁜 일정 속, 자신의 이야기를 솔직하게 나누어 주신 여섯 분의 인터뷰이들에게도 진심 어린 감사를 전합니다.

누군가에게 자신의 삶을 꺼내 보이는 것은, '인터뷰'라는 단어 이상의 용기가 필요한 일입니다. 과거를 다시 마주해야 하는 일이기도 하고, 스스로를 돌아보며 고민해야 하는 시간이기도 했을 것입니다. 기꺼이 마음을 열어주신 덕분에 우리가 함께했던 시간이 한 권의 책이 될 수 있었습니다.

무엇보다도, 언제나 사랑을 주셨지만, 저를 위해 '다른 길'을 바라셨던 부모님께 깊은 감사와 사랑을 전하고 싶어요. 배우가 아닌, 글을 쓰는 사람이 아닌, 좀 더 안정적인 길을 걷길 바라셨던 마음을 압니다. 그것이 저를 향한 사랑이라는 것도 알고 있습니다. 어쩌면 이 길을 선택한 순간부터 부모님의 아픈 손가락이 되었는지도 모르겠어요. 결과를 보장받을 수 없는 세계에서, 확신보다 불안을 더 많이 안고 사는 삶을 선택했으니까요.

하지만 끝까지 제 선택을 믿어 주시는 것도 잘 압니다. "이 길이 힘들지 않겠느냐"라고 말씀하시면서도, 제가 끝까지 버틸 수 있도록 묵묵히 응원해 주신다는 걸 잘 압니다.

"가고 싶은 길을 가라."

그 한마디가, 쉼 없이 나아갈 힘이 되었습니다.

때로는 포기하고 싶었던 순간에도, 자신을 의심했던 날에도, 그 말이 있어, 다시 일어설 수 있었습니다.

이 책을 통해 저도 부모님께 작은 선물을 돌려드릴 수 있기를 바라고 있어요. 제가 걷는 이 길이 헛된 길이 아니었다는 것을, 그리고 그 길 위에서 저도 누군가에게 의미 있는 목소리가 될 수 있다는 것을.

우리의 대화는 여기서 끝나지만, 우리의 목소리는 멈추지 않고 계속 나아가겠죠. 어딘가에서 같은 고민을 하고 있을 누군가에게, 잠시 멈춰 선 누군가에게, 다시 시작할 용기를 찾고 있는 누군가에게.

우리는 계속 걸어갈 것입니다. 때로는 흔들리고, 때로는 멈춰 서더라도. 우리의 길이 꽃길이 아닐지라도, 때로는 외롭고, 때로는 고단할지라도, 그럼에도 불구하고, 우리는 계속 걸어갈 것입니다.

그 길 위에서, 언제든 다시 만날 수 있기를.

비포장도로를 걷는 중입니다

ⓒ정우주

초판 인쇄   2025년 4월 18일
초판 발행   2025년 4월 28일

지은이   정우주
펴낸이   최아영

편집   최아영
녹취 및 교정   김선정
디자인   House of Tale
마케팅   서남희
인쇄   넥스트프린팅

펴낸곳   느린서재
출판등록   2021-000049호
전화   031-431-8390
팩스   031-696-6081
전자우편   calmdown.library@gmail.com
인스타   @calmdown_library
뉴스레터   calmdownlibrary.stibee.com
블로그   blog.naver.com/calmdown_library

ISBN   979-11-93749-16-6 03810